文豪の死に様

門賀美央子

誠文堂新光社

はじめに

ある日、友人とこんな話になった。

「なんかさあ、『文豪』って呼ばれる人たちって、だいたい早死にか自殺だよね～」

「そうだね～、やっぱものを深刻に考えすぎるのかなあ～」

その時はそれで話は終わったが、一人になって考えた。

本当に、そうだっけ？

つらつら思い浮かべるに、近代文学の二大巨頭・夏目漱石と森鷗外はそれぞれ四十九歳と六十歳で死去、当時はともかく現代の感覚だと早死にだ。五千円札の肖像になった樋口一葉にいたっては二十四歳で病死している。

青春の読書に欠かせない太宰治は三十八歳で心中。芥川龍之介、川端康成、三島由紀夫……彼らも自死だ。

「早死にと自殺」のイメージは、間違っていないのかもしれない。

でも、何だか落ち着かなかったので、ちょっとばかりググってみた。

すると、案の定大往生を迎えた文豪もたくさんいたのだ。

たとえば、幸田露伴は八十歳、志賀直哉は八十八歳、井伏鱒二に至っては九十五歳まで生きた。

みんな、自然な老衰死だ。

そこに至って、ふと思った。

「文豪」を、その死を起点に眺めてみたら、結構おもしろいかも、と。

生物である限り絶対に避けようがない死。人生最大の苦ではあるが、時には救済となることもある。

だからこそ、気になるのだ。

文学という手段で人生に取り組んだ文豪たちが、どんな死を迎えたのかが。迫りくる死の影は、作品に何らかの影響を与えたのか。自死組は決断に至った心情を窺わせる小説や随筆を書いていることが多い。一方、老衰組は絶筆と絶命の間にしばし時間が空いている場合もある。

死の直前、彼らが見ていたのはどんな風景だったのだろう。

眺め方次第で、いろんな「文豪の風景」が見えてきそうだなと考えていたところ、誠文堂新光社の編集者が企画に興味を持ってくださり、文豪とその死をテーマとする連載を始めることになった。

私も、あなたも、いずれ死ぬ。

いささか使い古しの言葉だが、死に方を考えることは生き方を考えることだ。

小説を通して様々な人生を世に問うてきた文豪たちの人生を、死という消失点にむかって遠近法的に見ていけば、混沌とした二十一世紀に生き、死んでいかなければならない私たちにとって良いヒントを得られるかもしれない。

さあ、文豪たちがたどった死出の旅へ、ともに出かけてみようではありませんか。

※本書中の引用については、一部を除き、原文の片仮名書きを平仮名に改め、その他、字体や読点についても一部書き改めました。

目次

【文豪の死に様】

装丁画・挿画・漫画　竹田昼
装　丁　菊池祐
DTP　荒木香樹
編集協力　樋口聡
校正・校閲　あかえんぴつ

BUNGO NO SHINIZAMA

樋口一葉

ICHIYO HIGUCHI

闇落ち前に斃れたこじらせ女子

樋口一葉（ひぐち・いちよう）

小説家・歌人。明治5（1872）年、東京生まれ。明治29（1896）年、東京・文京区にあった自宅で病死。享年24。代表作に『大つごもり』『十三夜』『たけくらべ』『にごりえ』など。

樋口一葉といえば、今はもっぱら「五千円札の人」として認識されているだろう。彼女が紙幣の顔になったのなどつい最近と思いきや、もう十五年も経つらしい。私の脳内では未だ千円札は夏目漱石だというのに、時の流れは速いものだ。

それにしても、札の肖像に一葉が選ばれたと聞いた時には、えらいまた皮肉なことを、と片眉があがる思いがしたものだった。文字通り赤貧洗うが如しの生活の中で死んでいった女性の顔をお金に印刷するなんて、どうにも悪趣味に感じたのだ。

昭和五十九年に行われた新紙幣切り替え、つまり一万円札が聖徳太子から福沢諭吉に変わった時まで、紙幣の肖像は政治家や神話上の人物を使用するのが慣例だった。それが文化人にシフトしたのは時流というものだし、平成に入って女性が採用されたのは当然の成り行きだっただろう。

だが、それにしてもなぜ樋口一葉だったのか。

財務省のホームページでは「女性の社会進出の進展に配意し、また、学校の教科書にも登場するなど、知名度の高い文化人の女性の中から採用したものです」と説明されているが、樋口一葉より有名な女性文化人だっているだろうに……と思いを巡らせ、はたと気づいた。

ほんとだ。一葉より条件が合う人なんていないや。

紙幣の肖像にするぐらいだから、お上に逆らうような思想の持ち主や、品行に著しく問題があった人間は選べないだろう。また、孫レベルの近親者が健在なほど時代が近過ぎる人物も、なにかと問題があろう。諸々勘案すると、若死にした一葉以上に適した「女性文化人」は近代日本にいないのである。この事実をどう捉えるかは立場によっても違ってくるだろうが、日本女性が置かれてきた社会的地位の低さを反映していることは間違いない。
一葉は、「女なりける」身に生まれたがゆえの困難に生き、死んでいった作家だった。

「才女の道」を阻まれて

樋口一葉こと樋口奈津（夏とも）は明治五年の生まれ、つまりバリバリの明治っ子。社会体制が完全に変わってから生まれた世代である。昭和と平成の差を遥かに上回る「新世代」だった。しかし、令和になった今でも昭和の名残りが社会の隅々に残っているように、一葉が育った明治初期は旧幕時代の封建的価値観がまだまだ優勢だった。

まして、樋口家のように農民から武士になったような家では、なおさら反動的だっただろうことは想像に難くない。「え？　農民から武士になんてなれるの？」と驚くかもしれないが、江戸時代の身分制は案外弾力的で、抜け道がいろいろあった。

一葉の父母は安政年間、つまり幕末ギリギリに同心株[注1]を購入して、晴れて武士になったニューカマーだった。しかも、正式な夫婦になる前に子ができてしまい、故郷である甲州から手に手を取って江戸に駆け落ちした二人ときている。

つまり、「伝統的家族」の枠組みからはまったく外れた一家だったわけだが、その分むしろ「あらまほしき武士の家族像」を追い求める気持ちが強かったようだ。このあたり、武士に憧れてサムライ仕草を模倣することに熱心だった新選組の面々にちょっと似ている。結局、新参者ほど「らしさ」にこだわるものなのだろう。

そんなわけで一葉は、御一新の後に生まれた明治娘のわりには、黴臭い封建主義的価値観に染まって成長した。母の多喜がそう仕向けたのだ。夫・則義が首尾よく侍身分を手に入れるまでの間、自分は旗本屋敷で乳母奉公をしていたことですっかり武士かぶれしてしまったのか、なかなか面倒な「にわか武家の女」に仕上がっていたのである。

しかし、金で買った身分は政変によって台無しになった。階級こそ士族の名が残ったものの、特権はなくなった。結局あまり役に立たないプライドばかりが残ってしまった。

それでも一家の主が健在であるうちはまだよかった。則義は維新後に下級官吏の仕事を得て、そこそこ器用に世渡りをし、暮らしに困らない程度には稼いでいた。ところが、イケイケドンドンの世の空気に飲まれたのか実業家を志し、家財産すべてをかけて手を出した投資に失敗。明治二十二(一八八九)年七月、負債だけを残し逝ってしまう。

さあ、こうなると大変なのは残された家族だ。

一葉には姉と二人の兄がいた。つまり第四子の次女だったわけだが、姉は早くに養子に出され(駆け落ちした際にお腹にいた子である)、大蔵省勤務で将来を嘱望された長兄は若くして亡くなった。次兄は変わり者で陶工を目指して家を出たため、母と折り合いが悪い。

注1：同心株
徳川家の家臣である同心が、身分を売買するために、貸元の子弟を養子とする慣習を指す言葉。

あれこれ事情が重なった結果、一葉は十六歳にして戸主となり、母と二歳下の妹を抱えた一家の大黒柱にならざるを得なかったのである。

【原文】
世の中の事程しれ難き物はあらじかし。必ずなど頼めたる事も大方は違いぬさえ、ひたぶるに違うかとすれば又さもなかりけり、いかにしていかにかせまし。

【訳】
世の中の事ほどよくわからないものはないよね。必ず大丈夫だろうとあてにしていた事は大方望みとは違う結果になるものだけど、だからといって完全に違う結果にばかりなるかというとそうでもなかったりする。こんな世の中、何をどうやって、どうしていけばいいわけ？

（「一葉日記」より。以下特記のないものはすべて日記より引用）

いきなり一家の大黒柱にさせられたティーンネイジャーの、正直な嘆きだ。

当時の一葉は、「萩の舎」というお嬢様向け私塾で和歌や古典文学を学んでいた。門人のほとんどは華族か裕福な元士族で、平民階級は二人だけ。その二人だって、経済的には余裕のある家の娘だ。一葉は身分ばかりは士族とはいえ、塾内では最下層に位置づけられる存在だった。では、なぜそんな塾に通うことになったかというと、これもまた父母のこじらせた士族意識の賜物だったといえる。

一葉は小学校を首席で卒業するほど頭のよい子供だった。

【原文】
其頃の人はみな、我を見ておとなしき子とほめ、物おぼえよき子と言いけり。父は人に誇り給えり。

【訳】
子供の頃、大人たちはみんな私を見て「おとなしくて物覚えのいい子ね」って褒めてくれたものよ。お父さんはそれをよその人たちに誇ってた。

ところが、である。

【原文】
十二というとし学校をやめけるが、そは母君の意見にて「女子にながく学問をさせなんは行々の為よろしからず。針仕事にても学ばせ家事の見習いなどさせん」となりき。

【訳】

十二歳で学校をやめたのはお母さんの意見のせい。「女子が長いこと学問をするのは先行きによくありません。そんなことより針仕事でも習わせて家事の見習いをさせないとだめです」と言ったからなんだよね。

はい、出ました！　女に学問は不要論！

恐ろしいことに、二十一世紀になった今でもこう考える人間はちらほらいるが、ようやく近代のとば口に立ったばかりの日本社会では、これが常識だった。本書で取り上げた中では、森鷗外の母や林芙美子も同じようなことを言われている。たった百年ほど前の日本には、能力があっても学ぶことができない女性、家族に学びを邪魔される女性が、わんさかいたわけだ。

しかし、助けてくれるのもまた家族である。鷗外の母は学のある実母から手ほどきを受けられたし、芙美子の父母も説得する教師の言を聞き入れ、最終的には娘を女学校に通わせた。

一葉の場合は、父が娘の才を惜しんだ。

【原文】

それより十五まで家事の手伝い裁縫の稽古、とかく年月を送りぬ。されども、なお夜ごとごとと文机に向かう事を捨てず。父君もまた我が為にとて和歌の集など買い与え給いけるが、終に万障を捨てて更に学につかしめんとし給いき。

【訳】
学校をやめてから十五歳までの間は家事の手伝いや裁縫の稽古だけをして日々暮らしてた。でも、夜には机に向かうことはやめなかった。お父さんも私のために和歌の本なんかを買ってくれていたんだけど、最終的には何が何でも勉強させてやろうと決心されたわけ。

学校に行けないならせめて古典教養をつけさせてやろうとした父心が、萩の舎入門に繋がった。農家出身の多喜には今ひとつピンとこなかったようだが、和歌や古典文学の教養は上流階級の子女が良縁を得るためには必須である。嫁入り（または婿取り）の助けにこそなれ、邪魔にはならない。おそらくそんな感じで説得されたのだろう。渋々承服した。

しかし、上流階級対象の私塾は学費もそれなりで、とてもではないが樋口家に払える額ではなかった。そこで、一葉は特待生のような身分で入塾したのだ。下働きをするという条件で。

そして、勃発するのである。

少女漫画顔負けの、苦労知らずのお嬢様VS場違い貧乏女子のバトルが。

このあたり、いろいろとゲスな方面におもしろ過ぎて、微《び》に入り細《さい》を穿《うが》って書きたいことが山ほどあるのだが、それをやると本書の趣旨からそれてしまう。よって、涙を呑んで割愛する。

ただ、結果は明記しておかなければなるまい。

塾内一、二を争う才媛の名をほしいままにしながら、時には下女のような仕事をさせられ、自分より頭の出来がかなりアレなお嬢様方から蔑《さげす》まれ、せせら笑われる日々を送った末、一葉は見事な「こじらせ女子」に錬成されてしまったのである。

こじらせ女子、作家を目指す

こじらせ女子とは二〇一六年に急逝したライターの雨宮まみさんによる造語だ。諸々が重なって自意識をこじらせ、自己認識がややこしくなってしまっている女性を指す言葉として、主に女性誌やネットなどで使われている。

正直、私はこの新語があまり好きではない。生みの親である雨宮さんはともかく、追随した人たちの、対象を微妙に揶揄する空気が心を逆なでするからだ。しかし、ある種の女性群をこれほど的確に表現した言葉はないと認めないわけにはいかない。

プライドとコンプレックスを両天秤に、常にゆらゆら揺れる精神状態を持て余し、世を拗《す》ね人を羨《うらや》み、でも自己愛も案外強い。百パーセント生きづらいに決まっているこんな性格を、一葉は獲得してしまった。

普段の外面はこんな感じだ。

> 私ども平民三人組は何かにつけてペチャペチャお喋べりをいたしましたが、樋口さんはどんな時でも決して他人の悪口を申しません。いわずにジッと我慢していたのでしょう。（中略）樋

口さんはどちらかというと、いくら親しくても何だか靄のかかっているというような人で、もう少し打ちとけてザックバランになってくれればいいのにと思ったくらいでございます。寄りつきにくいというか、行儀のよい人でございました。

（田辺夏子「わが友樋口一葉のこと」より）

挙げ句、ついたあだ名が「物つつみの君」。本心を包み隠して何を考えているかわらない人、と評されたのである。元来勝ち気で、時には才をひけらかしもした娘は、女社会で揉まれるうちに「本心を隠す」処世術を身に付けたのだ。

後代、一葉は様々な人にあれこれ書かれているのだが、だいたいにおいて共通するのは「拗ね者」という評価だ。

見ると引き締まった勝気な顔の調子が、何かの雑誌の挿画でみた一葉女史の姿そっくりであった。（中略）済ました顔でこっちに振りむいた。口元のきっとした……そして眼つきの拗ねた調子といったら……。（中略）あの眼つきにはわれとわが心を食みつくさねば止まない才の執念さが仄めいていた。

（薄田泣菫「『たけくらべ』の作者」より）

こうした逆境の人でしたから、妙な僻《ひが》んだ感情を持って居りました。（中略）けれども一方から考えますと、こういう僻《ひが》んだ感情が却って作の上には善かったのかも知れません。拗ねた僻んだ感情や観察が、あの人の小説には総てに見えて居りますので、それが又あの人の作の傑れた所です。さすれば僻んだ感情や観察力を作った逆境も、強ち呪うべきものではないかも知れません。固《もと》より生来の天才が主で御座いましたろうが……

（三宅花圃「女文豪が活躍の面影」）

日本国語大辞典によると、拗ね者とは「（一）強情を張るひねくれた者。また、気の強い者。（二）世をすねた人。世の中を皮肉な眼で見て、世間の人とまじわらない人。」を指すそうなので、確かに一葉にはぴったりな評価といえるだろう。当てはまらないのは「世間の人とまじわらない人」の部分ぐらいだ。

薄田泣菫《すすきだきゅうきん》はたった一度、たまたま上野の図書館で見かけた際の観察だけで書いているので、印象を伝聞で補強した可能性がある。しかし、それでも「拗ね者」と呼ばせるだけの雰囲気は確かにあったのだろう。

もう一方の三宅花圃《みやけかほ》は、萩の舎の先輩で、スクール・カーストの最上位にいるタイプの女性だ。小説家としても一葉より先輩だった。一葉と先出の田辺夏子と並んで「萩の舎の三才女」の一人に数えられてもいた。華族ではないものの家は裕福で、彼女自身も上流階級ネットワークにがっちり入り込んでいた。一葉が北島マヤなら花圃は姫川亜弓というところだ。[注2]イージーモードの人生を送る人から「僻みっぽい」と評された日には、一葉もたまったものではないだろうが、こじらせマインドは本人が思うよりダダ漏れだったのだ。

だが、考えてもみてほしい。

周りは蝶よ花よと育てられ、屈託なく青春を楽しむお嬢様ばかり。

翻って自分は文句の多い母やまだ幼い妹、さらには父が残した借金の面倒まで見なければならない。小娘が手っ取り早く大金を稼ぐには苦界《くがい》に身を投じるのが一番だが、士族意識の強い母がそれを許すはずがないし、自分だってまっぴら御免だ。妹が髪結いの店に奉公に出たのですら、嘆かわしく思うほどなのに。

だが、お金がなければ生活できない。

さて、どうすれば。

結局、あちらこちらを回って借金を申し込むしかなかった。

親の不始末を詫び、頭を下げ続けなければならない悔しさ情けなさ。下手をすれば明日にも住む家がなくなるかもしれない恐怖感。このつらさは、実際に経験してみなければわからない。次から次へと襲いかかる現実と対峙するのに全気力を使い果たしたことだろう。

注2：北島マヤと姫川亜弓

人気漫画「ガラスの仮面」の登場人物。主人公の北島マヤは貧乏な家の娘で顔も特別美人ではないものの並ぶもののなき天才女優、姫川亜弓は演劇界のサラブレッドで生まれついてのお嬢様だが実は努力型という設定になっている。時にはお互いを煙たく思いながらも確固たるリスペクトに満ちたマヤと亜弓の関係性に比べ、一葉と花圃はもうちょっと嫉妬丸出しで生臭い。

家運が衰えたとたん、手のひら返しで離れていく者もいる。一葉の場合、婚約者がそうだった。もっとも彼は我が身が立ってから復縁を申し込んでいるので、まったくの身勝手ともいえないのだが、少なくとも一葉の心を大きく傷つけたのは間違いない。裕福な友人たちも助けにならなかった。今と違い、女性に財産権がなかった時代である。自由になるお金を持つ者はほとんどいなかったのだ。

師の中島歌子は、できる限り手を差し伸べた。内弟子として萩の舎に一葉を引き取り、金銭の面倒を見ながら、将来身が立つようどこぞの女学校の教師の口でも探しましょうと約束した。しかし、なかなかうまくいかなかった。一葉は小学校しか出ていない。いくら萩の舎の才人とはいえ、教職を得るのは難しかっただろう。また、萩の舎も派手な見た目ほど成功を収めていたわけではなく、歌子が自分の着物を売ってこしらえた金銭を一葉に渡したこともあったという。師とはいえ、赤の他人であることを思えば、十分なことをしてやったと思わざるを得ない。

だが、若き拗ね者の一葉には、師が空手形で自分をいいように下女扱いしているとしか感じられなかった。

私を守り、手を差し伸べてくれる人は、どこにもいない。

彼女がそう思い込んでも仕方ないし、拗ね者根性に磨きがかかったのも当然のなりゆきだ。貧困は、心を削る。

なんとか自立したい。稼げるようになりたい。

そう思いつめても、若い女が堂々と自立する道が、当時はなかった。女のできる賃仕事などたかがしれていた。家族三人総出で日がな洗い張りや針仕事に精を出しても、得られるお足は一円もない。このままでは、いつまでたってもその日暮らしだ。

そんな彼女に、思いもよらぬヒントを与えたのは、ライバルの花圃だった。明治十九（一八八六）年、花圃が『藪の鶯』という小説を書いて出版して以来、小説家として収入を得ていることを知り、「これだ！」とひらめいたのである。

一葉にしてみれば天啓を得た思いだっただろう。

花圃に書けるなら、自分だって書ける。

だって、私は花圃より優れているのだから。

こうして一葉は小説家への道を歩みだした。

彼女は、崇高なる文学者を目指したのではない。お金を稼ぐため売文業者になろうとしたのだ。動機がみみっちい承認欲求でない分、むしろさわやかな心意気ではないか。

時に明治二十四（一八九一）年、齢十九歳。死の五年前のことであった。

オタサーの姫、無双

小説家になろうと決心した一葉は、まず弟子入り先を探した。当時は有名作家に師事して指導を仰ぎ、その推挙によって文壇デビューするのが一般的な流れだったからだ。

そして、出会ってしまった。

半井桃水《なからいとうすい》——師であるとともに生涯の心の恋人となった男性に。

とはいえ、この恋はほとんど一葉の独り相撲だった。初恋にありがちだが、相手の一挙手一投足に過剰にときめいて盛り上がり、恋する乙女モード全開で突っ走ってしまったのだ。もっとも、桃水の前では気持ちを隠そうとしていたようだが。

いずれにせよ、その姿が相当危うく見えたのか、それとも恋する女へのやっかみか、翌年無事にデビューできた喜びもつかの間、出処が不確かな噂話を師の歌子や友人にスキャンダル扱いされてしまう。生涯で初めて醜聞の主人公になったウブな（もしくは体面大事の）一葉は、勝手に憤り傷ついて、一方的に桃水と絶交してしまうのである。

桃水にしてみればさぞ「ポッカーン」だったことだろう。いきなり近づいてきたかと思うと、よくわからない理由で離れていったのだから。この二人の行き違いも本当におもしろいところなのだが、長くなるので（またまた）ちょっと脇におく。

ただ、ひとつだけ指摘しておきたいことがある。

顚末から鑑みるに、この時期の一葉が真に求めていたのは、ボーイフレンドではなく、優しく包んでくれる保護者だったのではないか、という点だ。

一葉は、桃水への第一印象を次のように綴った。


【原文】

色いと白く面ておだやかに少し笑み給えるさま誠に三歳の童子もなつくべくこそ覚ゆれ。丈は世の人にすぐれて高く肉豊かにこえ給えばまことに見上げる様になん。

【訳】
色がとても白くて表情は穏やかで、ちょっと笑みを浮かべていらっしゃる様子は、三歳の子供だって安心して懐くだろうなあと思う感じ。背は平均よりかなり高くて肉付きもいいから、ほんと見上げるみたいになるのよね。

おだやか、なつく、見上げる。こうした言葉は、恋の相手というより保護者への形容詞だ。一葉研究者の中には、出会いをロマンチックに考えたい気持ちの暴走ゆえか、桃水が絶世の美男子で、それゆえ恋に落ちたと主張する人もいるのだが、それはまずないように思う。

なぜなら……。

ひどい近眼でしたから、どなたの御顔も本当に知っていることはなかったのでございます。で、大概は御様子で察していまして、これはどなたどなたという位の按配で、はっきりしておりませんでした。(中略)本当にお美しいかどうかを見る目はなかったようでございます。

(樋口くに「姉のことども」より)

妹・邦子の証言によると、歌留多取りでも畳の上のかるたに覆いかぶさって舐めるように見ないと見えないほどの近眼だったという。それなのに、眼鏡は頑なに拒否していた。つまり、相当ぼんやりした視界の中で生きていたのだ。

実は私もド近眼で、両目ともに視力は0・1もない。こういう人間が裸眼で他人の顔を見ると、輪郭と色合いと目と口の位置ぐらいしか判別できない。だが、それでもあるいは美男子ならばにじみ出る何かを自ずと感ずるやもしれぬと思い、iPadに竹野内豊、ディーン・フジオカ、キアヌ・リーブスなどの顔を大写しにして、少し離れた距離から眼鏡無しで眺める実験をしてみた。が、やはり輪郭と色合いと目と口の位置ぐらいしかわからなかった。ド近眼の前には彼らの美も空しい。

まして、整った顔ではあるが、竹野内豊、ディーン・フジオカ、キアヌ・リーブスなどには到底及ばぬ桃水である。一葉はあくまで視覚以外から感じられる優男ぶりに惹かれたのだろう。甘えられそうな年上の男は、保護者の欠落に苦しんできた娘の心の穴を埋めたのだ。

しかし、それが失われ、というか、こじれた自意識によって自ら手放してしまった以上、「守ってくれる人」は諦めねばならなかった。

小説の依頼は少しずつ増えていったが、家計を支えられるほどではない。貧乏はあいかわらずだった。戸主として、家族に安定した収入をもたらすために何かする必要があった。

そこで、明治二十六（一八九三）年、二十一歳の夏に下谷竜泉寺町、江戸の遊郭・吉原が目と鼻の先の街に引っ越し、ちょっとした小間物屋を始めることにしたのだ。

苦渋に満ちた選択だった。零落ここに極まれり、と落ち込んだ。

だが、小説家としての彼女にとっては、最大にして最良の転機となった。

遊郭が目と鼻の先の界隈には、体一つで世を渡るたくましい女たちがいたのだ。嘘や手管も厭わず、人目より自分の気持ちを大事にする強さを持つ女たちが。

そこでは、一葉に植え付けられていた女大学的価値観は意味をなさなかった。苦しくとも、家の所属物ではなく、個として生きる「女の人生」があった。

この見聞が、小説家・樋口一葉を完成させたというのはすでに定説だ。

しかし、それだけでは終わらなかったのではないか、と私は思うのだ。

彼女たちとの出会いは、意識になかった新しい「女の道」を教えはしなかったか。

「悪女」という道を。

悪女を目指すも……

二十二歳。死の二年前。小間物屋は初めこそうまくいったが、近所に同じような店ができてからは売上が落ちた。借金もし尽くした。

進退窮まった一葉は、久佐賀義孝《くさかよしたか》という男性占い師の家を訪ねることにした。だが占いに頼りたかったのではない。面識ない人間にいきなり銭金の相談をしに行ったのである。

一葉は初対面の席上で、一世一代の大演説をぶった。

【原文】
すでに浮世に望みは絶えぬ。この身ありて何にかはせん。愛おしと惜しむは親のためのみ。さらば一身を生贄にして運を一時の危うきにかけ相場ということ為して見ばや。

【訳】
やれることはやりつくし、すでに望みはありません。この身がこの世にあったところで何になりましょうか。それでも命を惜しむのは親のためだけです。ならば、私の身を生贄にして運をかけ、相場でお金を運用してみたいのです。

なんと、女相場師になりたいと宣言したのだ。久佐賀は占い師であると同時に名の知れた相場師だったので、弟子入りを願い出たわけだ。なんともはや、大胆というか、思い切ったというか。さらには「でも、元手にするお金はないの。だから、お金持ちのあなたが出してくれないかしら?」と言い出す始末。

【原文】
いかにや先生、物狂わしき心のもと末、御胸のうちに入りたりやいかに。

【訳】

先生、どうなの？　私の尋常ならざる決死の覚悟、あなたに理解できまして？　ねえ、どうなの？

桃水との初顔合わせでは耳が火照って唇が乾き、言わないといけないこともわからなくなっていた少女は、わずか四年でここまで肝の座った女丈夫に成長したのである。すごい。

久佐賀は「あなたには財運はあるけれど、それは知によってもたらされるもので、直接的な金銭運はないから止めなさい」などと答えてその場をあしらったものの、図々しい願いを、理と情に訴えかける名調子で正当化した一葉にすっかり興味を持ってしまったらしい。数日後、「君が精神の凡ならざるに感ぜり」とかなんとか言って、梅見に誘ってきたのだ。

してやったり、である。

そして、もはや小娘ではない一葉は、じらすような断りの返事を送った。駆け引きを始めたのだ。もちろん、目的はお金。これより後、久佐賀は定期的に金銭的援助を始める。

一葉崇拝者はこのあたりの話になると口を濁してしまうことが多い。「一葉のしたたかさ」と表現するのが精一杯だ。そりゃそうだろう。やっていることは完全に色仕掛けなのだから。

何をどう取り繕おうと、明らかに「女」を使っていた。四ヶ月後には久佐賀が「僕のものになってくれたらもっとお金をあげるよ」と提案してくるほど思わせぶりな態度をとったのだ。少なくとも、海千山千の男に「これはいける！」と勘違いさせる程度に。

これに対し、一葉は日記で「かの痴れ者わが本性をいかに見けるにかあらん（あの馬鹿男、私って女をどう見てたわけ⁉︎）」とわざとらしいほど激怒してみせるのだが、さすがにこればかりは久佐賀が気の毒というもの。怒りの表明は、或る種のアリバイ、もしくは自分へのごまかしのようにしか見えない。事実、こんな手紙を送ってきた久佐賀との付き合いは、翌年四月頃まで続いている。かつてはたわいない噂話で心の恋人に絶交宣言までしたというのに。

この変化をどう見ればよいだろうか。

「貧すれば鈍する」で厚かましくなっただけ？

いや、もっと積極的な意志があったように私には思えてならない。この頃から、一葉には悪女願望が芽生え始めていたのではないか。

そんな気がするのだ。

「人間は堕落する。義士も聖女も堕落する。」と嘯《うそぶ》いたのは戦後の坂口安吾だが、一葉は敗戦なんぞ体験せずとも、そんなことは先刻承知だった。

そして、それは彼女の文学の重要な核になっていく。

代表作のひとつである「大つごもり」のお峰は、家族のために盗みに手を出す。まだ若いお峰は罪悪感に身も心も細る思いをするが、蟻の一穴をあけてしまったのは間違いない。

純な恋に泣いた「たけくらべ」の美登利は、いずれ男を手玉に取る名妓になっただろう。

「にごりえ」のお力、一片の純情を残しながらも男あしらいがうまい酌婦の挙動は、それまで一葉が書いたどんな女よりも生き生きとしている。

何より、未完の絶筆となった「うらむらさき」。この主人公のお律は、人の良い夫を何食わぬ顔で裏切って結婚前からの恋人と逢瀬を重ねている、という設定なのだ。

一葉の筆は等身大の女、それも生きるためには堕落もいとわない強い女を生み出した。

だが、強くなったのは登場人物だけではない。

現実の一葉も、したたかでしなやかな女に脱皮しつつあったのではなかったか。

一葉宅に出入りしていた泉鏡花は、晩年になって「薄紅梅」という作品の中にこんなシーンを書いている。


一葉女史は、いつも小机に衣紋正しく筆を取り、端然として文章を綴ったように、誰も知りまた想うのである。が、どういたして……（中略）——と二十三の女にして、読書界に舌を巻かせた、あの、すなわちその、怪しからん……（中略）——「失礼な、うまいなり、いいえね、余りくさくさするもんですから、湯呑で一杯……てったところ……黙ってて頂戴。」——端正どころか、これだと、しごきで、頽然として居た事になる。最も、おいらんの心中などを書く若造を対手《あいて》ゆえの、心易さの姐娘《あねご》の挙動であったろうも知れぬ。

（泉鏡花「薄紅梅」より）


鏡花自身がモデルと思しき辻町糸七なる人物に、一葉が気晴らしに湯呑み酒をあおる、なんとも蓮っ葉な姿を目撃させているのである。

このシーンについては、一葉の死後に広まった怪しげな噂を元にした完全な創作と見なされることが多いが、さて、本当のところはどうだろう。妹も親友も「行儀の良い人」と褒める一葉だが、なにせ「物つつみの君」である。親しい人にはかえって見せない顔があってもおかしくない。そもそも、生前に交流があった鏡花は一葉にちょっとホの字だったらしい。この場面にしても「僕だけが知っているあの人の素顔」をはしゃいで書いた感がある。

閨秀作家は、優等生の仮面を外そうとしていた。

そんな変化を促したのは、吉原界隈の女たちだけではなかったように思う。他にも、或る種の作用を与えた一群がいた。それは、彼女をアイドル視していた若手文学者たちだ。文壇デビューして以降、一葉宅は彼らのサロンのようになり、一葉は「文学オタクサークルの姫」と化しつつあったのだ。

このオタサー、メンバーがなかなか強い。有名どころでは前出の泉鏡花のほか、島崎藤村や上田敏などがいた。後に英文学者となった馬場孤蝶《こちょう》や平田禿木《とくぼく》は近衛兵状態で、時には姫の寵愛を争った。ほとんどストーカー状態になった川上眉山《びざん》のようなのもいた。

ただし、彼らは基本、人あしらいのいい樋口家の厚意に甘えて、姫に貢ぐどころか貧家で夕食やおやつを食べて帰る始末だ。実に気の利かない連中である。

とはいえ、一葉もただ無邪気に交流を楽しんでいただけではない。年上で、ある程度稼ぎのあった村上浪六《なみろく》には、それとなく借金を申し込んでいる。つまり、しっかり相手を見て、すべきことはしているのだ。そして、願いを無視されたら日記上で口を極めて罵った。普段は、

「利欲に走れる浮き世の人あさましく、厭わしく、これゆえにかく狂えるかと見れば、金銀はほとんど塵芥の様にぞ覚えし（要約　金金いう人まじウザいし、金にこうまで狂うの？　って感じだから、金銀なんてゴミ同然）」

などとすまし顔のわりには、お金への執着は相当だ。まあ、貧が骨身に沁みれば誰でもそうなる。孤蝶などはいつも姉のように接してくれたと後に述懐しているが、さて腹の底はどうだったたか。日記には、足繁く訪れる連中をかなり軽く見ていた形跡が残っている。明治なら中年増と言われる年齢になって、悪女的振る舞いを見せるようになった一葉が、続々集結してくるオタサーの面々を利用せずに済ましただろうか。

今となっては、もうわからない。

二年と待たず、一葉の前途は絶たれてしまったのだから。

闇落ち前に死す

称賛と崇拝の念を隠そうともしない男たちに囲まれ、一葉はいよいよ「奇跡の十四ヶ月」を迎えることになる。しかし、それは「鬼籍への二十三ヶ月」でもあった。

明治二十七（一八九四）年十二月、「大つごもり」を「文學界」に発表。明けて明治二十八（一八九五）年一月から不朽の名作「たけくらべ」の連載が始まる。「にごりえ」「十三夜」などの代表作はすべてこの年に書かれた。

諸事万端が好転し始めたこの時期の日記は、実に溌剌《はつらつ》としている。時には、

【本文】
ようよう世に名を知られはじめて珍し気にかしましゅうもてはやさるる、嬉しなど言わんはいかにぞや。これも唯目の前の煙なるべく、昨日の我と何事の違いかあらん。

【訳】
ようやく有名になり始めて、珍獣みたいにもてはやされているけど、別に嬉しいとは言えないなあ。だってこんなのは目の前の煙みたいなもので、すぐに消えるでしょうし、そもそも私自身がちょっと前の私となんの違いもないんだから。

などと空中の誰かを牽制して見せながらも、遅れてやって来た青春を楽しんでいる感がある。

そして死の当年、一葉の文名はピークを迎えた。

「たけくらべ」を森鷗外、幸田露伴、斎藤緑雨の大家三人が、雑誌「めさまし草」で連載していた小説時評コーナー「三人冗語」で絶賛したのだ。

われはたとえ世の人に一葉崇拝の嘲りを受けんまでも、この人にまことの詩人という称をお

くることを惜しまざるなり。by 森鷗外

【訳】
俺は世の中の人に「あいつ、一葉に惚れんじゃね？」ってpgr[注3]されたとしても、彼女に「まことの詩人」という称号を送るのをためらわないね（キリッ）。

人の身に刃を加えて皮膚を剝ぎ心肝を抉剔し出して他に示すようなることを敢えてせずば高尚なる小説というものにあらずとにても思えるらしき多くの批評家多くの小説家に、このあたりの文字五六字ずつ技倆上達の霊符として吞ませたきものなり。by 幸田露伴

【訳】
霊符を燃やした灰を飲んだら病気が治るっていうじゃん？ あれみたいに、文章上達の薬として、露悪とかセキララがいい小説の条件と勘違いしてるそこらの作家とか批評家連中にこの小説の優れた表現の部分を五、六文字飲ませてやりたいよね。

注3：pgr
人を馬鹿にして嘲笑する声「プッ、ゲラゲラ」を略したネットスラング「プゲラ」をアルファベット表記した大変下品な言葉。指さす様子を表す顔文字「m9（＾Д＾）」と同時に使うことが多い。

緑雨は直接的には誉めていない。ただ、この時期の緑雨が大変な一葉推しであったのは歴史的事実である。

彼は当初、一葉を「桃水や取り巻き連中を色で籠絡して書かせた作品を自作と偽って発表しているアバズレだろう」と思い込んで勝手に敵視していたのだが、事実がまったくそうではないと理解した途端、手のひらを反すように一人勝手連として動き始めた。女性の才能を信じないあたりはいかにもインセル[注4]っぽいが、自分が誤っていたと悟ったら、あらぬ疑いを抱いた相手にきっちりと詫びを入れ、才能を素直に認め、最大の理解者になろうと努力した。何はともあれ、己の間違いを認められる人間は偉い。

もっとも、マイナスがプラスに転ずると、いきなり行き過ぎた世話を焼き始めるのも、この男の面倒なところだ。一面識もない一葉に突然「君を取り巻くオタサーの連中はろくなヤツらじゃない。交際を絶った方が得策だ」と説得する手紙を送り付けて戸惑わせるなど、頼まれてもいない忠告を次々としている。

最初は「なんだこの男」と思った一葉だったが、交流するうちに共感を覚え始めた。初めての手紙から五ヶ月ほど経った五月二十九日の日記には、こんな風に書いている。

【本文】

この男かたきに取りてもいとおもしろし　みかたにつきなば猶さらにおかしかるべく　眉山禿木が気骨なきにくらべて一段の上ぞとは見えぬ　逢えるはただの二度なれど親しみは千年の

馴染にも似たり

【訳】
この男、敵にしたらさぞおもしろいでしょうね。でも、味方についたらさらに愉快なことになりそう。眉山や禿木みたいなへなちょこ連中に比べたらレベルが一段は上だわ。まだ二度しか逢ったことはないけど、千年も付き合ってきた人みたいな親しみを感じるんだよね。

というか、この記述、まるっきり武侠小説か少年漫画のセリフである。強敵と書いて親友《とも》と読む、的な。とてもじゃないが、深窓の令嬢から出てくる言葉ではない。

斎藤緑雨は文筆家として小説も手掛ける一方、切っ先鋭い評論でも鳴らしていた。ただ、切っ先が鋭すぎて、ちょっとでも批判されたらパニックになるゆるふわマインドの文学青年たちにはかなり恨まれていた。性格の歪んだ変人というのが、当時の世評だったのだ。

そんな人間を「千年の馴染」と感じるなんて、稀代の拗ね者たる一葉の本領発揮としか言いよう

親衛隊、哀れ。

注4：インセル［incel］
"involuntary celibate"。日本語に訳すと非自発的独身者。日本語のスラングでは非モテに近いが、それよりミソジニー傾向が強く、暴力的・攻撃的であり、マイノリティへのテロリズムを起こす温床にもなっている。

がない。

でも、気持ちはわかる。緑雨は一葉を性別関係なく対等な才能として評価した。己が筆一本に頼って世を渡ろうとする女にとって、それがどれほど嬉しいことであったか。「たけくらべ」に関して、緑雨は「三人冗語」上では口をつぐんでいる。「むだ口」として茶々は入れているが、彼の性格を鑑みれば、絶賛に対して無言を通すことで一葉への高い評価とシンパシーを示したのではないだろうか。

一方、気骨のないオタサーのメンバーたちは素直に姫の名誉を喜んだ。雑誌を入手するやいなや飛んでやって来て、涙を流して喜んだそうだ。姫の名誉は騎士の名誉。いかにも取り巻きの発想である。

もちろん、一葉も高評を喜んだ。喜んだが、拗ね者精神もいかんなく発揮した。持て囃されるのは［注5］「槿花《きんかいちじつ》一日の栄え」で、

【本文】

我れを訪う人十人に九人まではただ女子なりというを喜びて、珍しさに集うなりけり。（中略）誠は心なしのいかなる底意ありとても知らず。

【訳】

私を訪ねてくる連中の九割は、ただ私が女だってのを珍しがって、それを喜んでいるだけ。

（中略）実際のとこは誠意なんてないし、それどころか腹の底では何を考えているかわかったもんじゃないわよ。

と突き放している。

うむ、それでこそ一葉である。人の褒め言葉を素直に受け取っては「こじらせ女子」の沽券に関わる。簡単にデレてはいけない。そもそもこれは極めて冷静かつ客観的な判断だ。賢女の証ともいえる。

とは言いながら、彼女はやはり素直に喜んでおくべきだった。

これが、生前最大にして最後の栄光だったのだから。

上記の日記を書いた二ヶ月後の七月、一葉は病を得て寝付くようになった。病名は奔馬性結核。通常、慢性疾患であることが多い結核だが、これは数ヶ月で急激に悪化するタイプで、現代では急速進展例と呼ばれている。

倒れたその翌月にはもう回復の見込みはないと診断され、明確な発病からたった四ヶ月後の十一月二十三日、息を引き取った。

ようやく道が見え始めたというのに死んでいかなければならなかった一葉のつらさ、悔しさはい

注5：槿花一日の栄え
ムクゲ（アオイ科の落葉低木）の花が咲いても一日で萎むように、人の栄誉など儚く空しいという喩え。中唐の詩人・白居易の『放言』五首の五番目の詩が元ネタ。

かばかりだったろう。

一葉は、寝付いてからはもう助からないことを悟っていた。見舞った馬場孤蝶に、枕も上げられない病床から「次に会う時、私は石にでもなっているのでしょうね」と呟いたそうだ。

死の床で、彼女は何を考えていたのだろうか。きっと様々な思いが胸に去来したに違いないが、もう書く力は残されていなかった。

しかし、もし道を断たれていなかったら……。

「うらむらさき」に、こんな一節がある。


「悪人でも、いたずらでも構いはない。お気にいらずばお捨てなされ。捨てられれば結句本望。(中略)もう何事も思いますまい、思いますまい」と頭巾の上から耳を押さえて急ぎ足に五六歩かけ出せば、胸の動悸のいつしか絶えて、心静かに気の冴えて、色なき唇には冷やかなる笑みさえ浮かびぬ。

人妻が悪女への道を自らの意志で選ぶシーンだが、瞬時に変容する女の、この鮮やかさたるや！ 醸し出される濃厚なリアリティは、果たして他人を観察しただけで出てきたものか。


【原文】

誠に我は女なりけるものを、何事の思いありとてそはなすべきことかは。

【訳】
実際、私は女なんだから、なんか思うところがあったとしても、心のままにやっちゃあいけないのよね

死の九ヶ月前に綴ったこの有名な一節さえ、「うらむらさき」の一節の前では葛藤の証と読めなくもない。あと数年あれば、学習まんが的健気さとは真反対の、峰不二子っぽい一葉が誕生していたかもしれないと想像すると、ちょっと心躍るではないか。もちろん、「立派な小説家」として真っ当な道を歩んだかもしれないが。

もし長生きしていたら、彼女はお札の肖像になっていただろうか。何者かになろうとしていたまさにその時にすべてを閉ざされたがゆえに、余計な色がつかなかった一葉。だからお国に選ばれた。

心の赴くまま生きるのと、若死にしてお札になるのと、どちらがよいのか。こればかりは人の価値観にもよるだろうが、私なんぞはやっぱり前者の方がいいなあ、と素直に思うのである。

BUNGO NO SHINIZAMA

二葉亭四迷

SHIMEI HUTABATEI

元祖意識高い系、洋上に死す

二葉亭四迷（ふたばてい・しめい）

小説家・翻訳家・ジャーナリスト。元治元（1864）年、江戸生まれ。明治42（1909）年、ベンガル湾洋上にて病死。享年45。代表作は『浮雲』『平凡』。

二葉亭四迷と聞けばまずは「言文一致」[注1]が連想される。だが、それ以上の情報についてはどうだろう。

ほとんどの教科書は、明治期における言文一致運動の先駆者と位置づける程度で、代表作「浮雲」の冒頭がちょろっとでも紹介されていたら御の字である。

ところが、その冒頭がいけない。

千早振る神無月ももはや跡二日の余波となッた二十八日の午後三時頃に、神田見附の内より、塗渡《とわた》る蟻、散る蜘蛛の子とうようよぞよぞよ沸出《い》でて来るのは、孰《いず》れも顋《おとがい》を気にし給《たま》う方々。

え、これ、江戸末期の戯作とどう違うの？　ってな名調子だ。これで言文一致でございっていわれてもなあ、と思わないだろうか。

注1：言文一致
書き言葉と話し言葉を一致させること。日本では江戸時代まで普段の会話に使われる言葉（口語）と文章として書き表す言葉（文語）に大きな違いがあった。明治時代になり、「西洋文明に近づこう！」ムーブメントである改良運動が起こると、その一環として日本語表記の大幅な見直しが叫ばれるようになった。明治十九（一八八六）年に国学者・物集高見《もずめたかみ》が『言文一致』を上梓して理論面を先導、それに呼応する形で二葉亭四迷や山田美妙などが言文一致を模索する文学作品を発表していった。文体が完成したのは四半世紀が経った明治末頃。ただし、公式文書などでは第二次世界大戦直後まで文語体が使われていた。

思ったなら、次の文章を読んでみてほしい。

> 私は、まア、スケプティスト[注2]（懐疑派）だ。第一ロジックという事が馬鹿々々しい。Law of thoughtは人間の頭に上る思想をアジャストするだけで、それが人間のリアル・ライフとどれだけの関係があるか。心理学上、人間は思想だけじゃない。メンタル・エナジーの現われ方には情もあれば知も意もある。（中略）併し「Why？」という観念が出て来ると、私はそれに依頼されなくなる。心理学上のコンシャスネス[注3]（識覚）について云って見ても、識覚に上らぬ働き（アンダー、コンシャス、ウォーク）がいくらあるかしれぬ。リフレクティブ・アクション[注4]なぞはその卑近の一例で、こんな心持ちがする……云々と云う事もまたその働きだ。
>
> （「私は懐疑派だ」より）

読みやすいように英語のカタカナ表記を現代風もしくは英語表記に変え、一部の漢字をひらがなに置き換えはしているが、他は何にも手を加えていない。

カタカナ語の乱用、妙な饒舌体、今一つ要点が伝わってこない文章……。

一体どこの意識高い系ブログかしら、という感じだが、これは四迷が明治四十一（一九〇八）年、つまり「浮雲」から二十一年後にして、死を迎える前年に書いたエッセイ中の一文なのだ。

「意識高い系」とは、壮大な夢を語るわりには空回りしがちな若者を揶揄する現代のスラングだ。

彼らはブログやＳＮＳでの自分語りが大好物。俺さま理論を饒舌に振りかざし、日本語より外来語を尊ぶ。つまり、引用文のテイストによく似ている。明治時代の知識階級は、たった二十年で現代と変わらぬ文体にたどり着いていた。

そして、新文体誕生の立役者だった二葉亭四迷は、まさに「元祖意識高い系」人間だったのである。

注2：スケプティスト［skepticist］

ヘレニズム時代に「たとえこの世に『真理』なるものが存在したとしても、人間の言葉ではそれを認識することはできない」とする懐疑論を唱えた哲学の一学派。紀元前4世紀前後にギリシャの哲学者ピュロンによって創始された。ピュロンは、「人間は、起こった現象を受容することだけが可能であり、ものの本性それ自体を知ることはできない。よって、本性を探ることは諦め、平常不動心を持って日常を送り、心を煩わさないようにすべきだ」と考えた。こうした懐疑派が起こった背景には、細分化した哲学界の相互対立やアレクサンドロス大王の死によって混乱した社会状況があったとされる。

注3：コンシャスネス［consciousness］】

意識を持っていること。自覚、心象。

注4：リフレクティブ・アクション［reflective action］】

深い思索、思慮。内省的な心の動き。

迷走しまくる人生

本名は長谷川辰之助。

元治元（一八六四）年、つまり大政奉還まであと三年に迫っていた江戸で、尾張藩下級武士の一人息子として生まれた。維新の波に巻き込まれ、幼少時は名古屋、東京、松江などを転々として育つ。

そんな中、明治八（一八七五）年、四迷十一歳の時に、彼の生涯を決定づける重大事件が起こった。日本とロシア帝国の間で「樺太・千島交換条約」が結ばれたのである。

ロシアと日本の国境は長らく曖昧だった。そのため、現地のロシア人と日本人の間で争いが頻発し、決定的な対立も起こりかねない一触即発の状態になっていた。

そこで両国は無駄な争いを避けるべく、樺太をロシア領、千島列島を日本領と定めた。新生直後の日本政府に大国ロシアと戦う力なんぞあるはずがないから、賢明な策だったといえる。

しかし、国民の目には「弱腰政府の領土放棄」と映り、世論は沸騰。帝国主義の気運が高まった。

そんな空気の中で、辰之助少年はこう考えたのだ。

将来日本の深憂大患となるのはロシアに極《きま》ってる。こいつ今の間《うち》にどうにか防いで置かなきゃいかんわい……それにはロシア語が一番に必要だ。

（明治四十一年「予が半生の懺悔」より）

子供にしては意識も見識も高い。

そこで一念発起して外国語学校の露語科に入学したのだが、学習過程においてロシア文学と出会ってしまったことで、彼の運命は変わってしまう。

十九世紀、ロシア文学はドストエフスキーやトルストイなどの歴史的大文豪が輩出する黄金期を迎えていた。ロシア革命前夜、もはや覆い隠せなくなった社会的矛盾、そして近代ならではの人生の諸問題に、鋭い感性と知性を武器にして正面から挑む文学者たちの力作に、初心な四迷はイチコロで参ってしまったのだ。

結果、彼は徹底した文学「信」者になった。

> もう文学しか眼中にない。政治などどうでもいい。人生あっての文学ではなくて、文学あっての人生のような心持で、文学界以外の人生には殆ど何の注意も払わなかった。
>
> (明治四十年「平凡」より)

あれ、ロシアとの戦いはどこへ? 国防に身を捧げたかったんじゃないの? と思うが、実は四迷の人生にはこんな感じの極端な転向が何度も現れる。

人に対しても職に関しても、いきなり気持ちに火が点き、点いたが最後猪突猛進に突き進んでいく。しかし、しばらくすると必ず壁にぶつかり、その途端に熱が冷め、むしろ対象の悪い所ばかりが目に付くようになる。そして、何もかもが嫌になって投げ出してしまうのだ。

あれほど燃えさかっていた文学熱も、この過程で冷めていった。処女作「浮雲」は脳内にあった理想の文学に届かず、己の才能に絶望した末に筆を折り、未完となってしまった。

ある種の逃げ癖が、彼にはあった。

さらに、「正直」(今だと「誠実」ぐらいのニュアンス)を理想の生き方とし、社会問題に関わるべくあえて下層階級の人々と交流したり、友のためなら何肌でも脱ぐような俠気《おとこぎ》を見せながらも、女癖が悪く、家族には冷淡だった。

頭でっかちの男に多いパターンだ。口では立派なことを言うが、実行が伴わない。まるっきり、えらい人がいうところの「ダメな現代の若者」あるいは「意識高い系」そのものである。

摑んだチャンスも泡と消え

文学から逃げた四迷は、官報の記者やロシア語教授など様々な職業に就いた。しかし、最初の勤めこそ十年もったが、その後は短いスパンで転職を繰り返していく。

頭がよく、努力家でもある四迷は、どんな職でも最初はそれなりに成功する。頑なな性格ながらも社会性はあるので、同僚ともそれなりに仲良くやれる。

ところが、ちょっとでもつまずくと、すぐに心が折れて現実逃避してしまうのだ。時には家族を養うことさえ放棄した。当然、両親には事あるごとに愚痴られ嘆かれ、妻には離縁された。

だからといって、世を拗ねることもできなかったのが彼のおもしろいところである。自己分析力が滅法高かったせいで、自分の不遇は誰のせいでもありゃしない、というのを重々承知していたのだ。他人や社会に安易な責任転嫁をしない点は、四迷の美質といえるだろう。

「どうにも自分ながら情ない、愛想の尽きた下らない人間だと熟々《つくづく》自覚する。そこで苦悶の極、自ら放った声が、くたばって仕舞《しめ》え（二葉亭四迷）！

（「予が半生の懺悔」より）

半端な我が身に嫌気がさし、事あるごとに悶々とする。そして、抑うつ状態に陥る。三十代に入り、この状態は改善するどころかますますひどくなっていった。理想と現実の乖離への苦悩は、年とともに薄れるどころかより強くなったのだ。

「ジレンマ！　ジレンマ！　こいつでまたいくら苦しめられたか知れん。これが人生観についての苦悶を呼起した大動機になってるんだ。即ちこんな苦痛の中に住んでて、人生はどうなるだろう、人生の目的は何だろうなぞという問題に、思想上から自然に走っていく。実に苦しい。従ってゆっくりと其問題を研究する余裕がなく、ただ断腸の思ばかりしていた。

（「予が半生の懺悔」より）

なんともしんどそうな人生である。

しかし、三十八歳の時、ようやく大陸に渡って日本のために仕事をするという幼き日の大志を果たすチャンスを得た。四迷は意気揚々、得意満面だった。

ところが、ここでも夢想の前に現実が立ちはだかった。

日露戦争を前にした時局の悪化は、想像以上だったのだ。もともとほぼノープランでの渡航だった上、厳しい現地事情を前に己の方向性を見失い、四迷の仕事はまたもや尻切れトンボに終わってしまう。

四十歳を前に家族を捨てる覚悟までして自分探しの旅に出かけたのに、何ひとつ成果を出せずにおめおめ戻ってきた元文学者。

これほどイタい存在もない。

しかし、四迷はそれでもまだ大志をあきらめていなかった。


私は、奮闘さえすれば何となく生き甲斐があるような心持がするんだ。

（「予が半生の懺悔」より）


頑張ってさえいれば、それが一番だと思うの！

いかにも日本的なこのガンバリズムは、畢竟《ひっきょう》幼稚性の発露である。中年になったくせにまだそんなことを言っている四迷の懲りなさ加減には呆れるしかないが、一方でなんとなくシンパシーを感じてしまう面があるのも確かだ。高すぎる理想を掲げ、己の能力を超えた夢を追わずにいられない愚かさは、とても愛おしい。

小説家・二葉亭四迷の復活

さて、大陸から戻り、あやうく無職中年になりかけていた四迷を救ったのは、過去の文名だった。彼の文学的営為を高く評価する人物に拾われて、大阪朝日新聞に入社することができたのだ。だが、そこでもやっぱりまともに勤まらなかった。書いた記事がまったく採用されなかったのである。

それもそのはず、四迷は社が求める一般向けの読み物ではなく、官僚の報告書のような四角四面の分析記事ばかりを書いた。専門家には役立つ立派な内容だったそうだが、市井の読者が喜ぶたぐいのものではない。ニーズに合わない記事など、社にしてみればゴミ同然だ。

一方、四迷としては、おもしろおかしいだけの記事を書くなど沽券に関わる。四迷の辞書には「忖度」などないのである。

結果、最終的な落としどころになったのは、新聞連載小説の執筆だった。

実のところ、四迷を招き入れた人物が期待していたのはこれだった。大陸帰りの記者・長谷川辰之助の活躍ではなく、伝説の小説家・二葉亭四迷のリブートこそ望みだったのである。

まんまと思惑に踊らされたわけだが、長らく受けた恩を無下にはできない。当初はロシア文学の翻訳でお茶を濁すつもりだったが、結局は逃れられなくなり、死の三年前に「其面影」、二年前に「平凡」を執筆した。両作は文壇に比較的好意的に迎え入れられ、四迷は何とか面目をほどこすことになる。

二度目の大陸行は、半ばこのご褒美として決まったようなものだった。しかも、今度はロシアの中心たるペテルブルグに、新聞社の特派員という立場で行くことができる。ほぼ大陸浪人[注5]だった前回とは雲泥の差だ。

ようやく人生最高の時を迎えた四迷の高揚感は、「入露記」という紀行文によく表れている。自他ともに認める「狷介《けんかい》」[注6]な性格である四迷が、進んで人と交わり、会話を試み、街歩きに勤しんでいるのだ。

僕は愉快々々　たまらない。

（「入露記」より）

この弾むような一文は、偽らざる心境だったのだろう。苦節四十年、ようやく理想の環境を手に入れられたのだ。誰だってテンション最高潮になるに決まっている。

だが、ナチュラル・ハイは長くは続かなかった。

予想外に物価高だったロシアでの経済的不安、うまくいかない取材活動、厳しい気候、そして初めて直面した露骨な人種差別。

> 僕は元来散歩嫌いの男だが、ここへ来てから急に散歩好きになったのじゃない、部屋の構造が冬向一方だから、空気の流通が頗る宜しくないので、外出して比較的新鮮の空気を呼吸せざるを得んのだ、しかるに外出すると、毎度悪口を言われる、外出の方面によっては、出る度といってもよろしい。
>
> （「露都雑記」より）

「入露記」から八ヶ月後に書かれたエッセイ「露都雑記」には、数ヶ月前のアドレナリン駆け巡るような生き生きとした躍動感はすでに失われている。

ペテルブルグには、友も家族もいなかった。早々に現地妻らしき女性をこしらえてはいるものの、完全な慰めにはならなかったらしい。むしろ、彼女との交際を通して、自らが異人、差別主義者にとっては東洋の小島の猿に過ぎないことを否が応でも思い知らされていたのではないだろうか。夜

注5：大陸浪人
明治時代から第二次世界大戦敗戦時まで、朝鮮半島や中国大陸の各地に居住、あるいは放浪して、種々の政治的・思想的活動を行った民間日本人の総称。不平士族や国家主義者が多く、激動の時代に暗躍した。

注6：狷介
頑固で人と妥協せず、他人に心を開かない様子。

郎自大は外国では通じない。

四迷の心身は衰弱していった。そして、死病を得た。肺尖[注7]カタルだ。

直接の原因は二月の雪中に挙行されたウ[注8]ラジミール大公の葬儀に参列して体調を崩したことだったが、知らぬ間に少しずつ肺結核に侵されていたらしい。一ヶ月以上高熱が続き、周囲は四迷に帰国を勧めるようになった。会社としても取材できない特派員などお荷物でしかない。

だが、四迷は頑なに抵抗した。心中にはようやく摑んだ再チャンスをものにできず、中途半端で終わってしまう自分への絶望があったのではないかと思う。

また、何もできないままだ。

どの面を下げて帰れと？

しかし、病状は悪化する一方で、とうとう帰国を承諾せざるを得なくなった。無事に日本にたどり着ける保証はない旅だ。四迷は出発の二週間ほど前に遺言状をしたためている。

一　余死せば朝日新聞社より多少の涙金渡るべし
一　此金を受取りたる時は年齢に拘らず平均に六人の家族に頭割りにすべし例せば社より六百円渡りたる時は頭割にして一人の所得百円となる計算也
一　此分配法ニ異議ありとも変更を許さず

右之通

明治四十二年三月二十二日　露都病院にて

「遺族善後策」と題する書簡とともに残された二通の文書にはほぼ事務的なことしか書かれていない。社会への高い関心とは裏腹に、生涯変わらなかった家族への無関心と無責任が見え隠れする。

いずれにせよ、彼自身生きての帰国を半ばあきらめていたに違いない。事実、彼の体力は長旅に耐えられるものではなかった。それでもマルセイユまではなんとかもった。しかし、南方の海の炎熱が、四迷の体から生命力を奪っていった。

絶筆は、一九〇九年四月二十八日朝に書かれたと思しき自らの体温の記録だ。

それから十二日後の五月十日午後五時十五分、大きな理想を懐に夢を追い続けながらも、一度も手に入れることができなかった男は、ベンガル湾沖で息を引き取った。

ロシアでの客死でもない。故郷での往生でもない。失意を抱えた旅の途中で命を落としたのは、何をしても半端だった彼らしい死に様だったのかもしれない。男一匹の人生としては、無駄死にだったともいえる。

注7：肺尖カタル
肺上部に発生する肺結核の初期症状。

注8：ウラジミール大公
ウラジーミル・アレクサンドロヴィチ（Владимир Александрович、一八四七〜一九〇九年）ロシア皇帝アレクサンドル二世の三男、アレクサンドル三世の弟。

だが、徒手空拳のまま、果敢に切り開いていった言文一致運動そのものは他の人々の手によって大きく進展し、日本の近代文学のみならず、教育や文化を劇的に変容させた。

熱しやすい単純さを以て、理想に向かいがむしゃらに突き進んだ彼の行動は、無駄どころか、大輪の花を咲かせたのだ。その意味において、彼は確かに文豪であり、偉人のひとりに数えられるべき人だと、私は思うのである。

翻って、現代の「意識高い系」はどうだろうか？

四迷ほど恥も外聞も知らぬふりで、がむしゃらに夢を追っているものはどれぐらいいるだろうか。SNSという、一見広大なようで、実は狭小な世間の中で、SNS浪人のようになってしまっている若者が（時には中高年も）少なからずいるように思う。

大志を抱くのはいいことだ。しかし、必ずしも望んだ場所で花が咲くとは限らない。

生前の四迷が「言文一致」が与える日本文化への影響を正確に理解していたとは思えない。だが、彼が編み出した新しい日本語表記は「国語」なる近代文化形成に決定的な役目を果たした。

それを考えると、現代に生きる「意識高い系」諸氏の活動も、彼らの意図せぬところで現代、そして未来の日本を大きく変えるきっかけにならないとも限らない。

今後、中高年から老人になっていく身としては、彼らの行動をただ薄ら笑いで眺めるのではなく、真価を慎重に見定め、これはと思ったものは適宜応援する腹積もりでいなければならないのだろう。

BUNGO NO SHINIZAMA

森鷗外

OUGAI MORI

「馬鹿らしい」と叫びながら墜ちた巨星

森鷗外（もり・おうがい）

小説家・翻訳家・評論家・陸軍軍医。文久２（1862）年、石見国津和野町生まれ。大正11（1922）年、東京・文京区にあった自宅で病死。享年60。代表作に『舞姫』『高瀬舟』など多数。

森鷗外。

ザ・文豪である。

貧しい下級武士の家に生まれながらも、学問によって立身出世を果たし、文学者として後世に名を残した人である。

近代日本の価値観から見ると、お手本のような人生だった。

ところが、だ。

その死に際のエピソードを眺めてみると、どうやら彼は自分の人生を大団円とは考えていなかったようなのだ。

証拠は二つある。

一つは死の二日前、心から信頼していた親友に口述筆記させた遺言。

もう一つは死の床で発したうわ言。

文学史上のミステリーとして様々に語られてきた「鷗外の死」について、この二つの鍵を手がかりに迫っていきたい。

死は一切を打ち切る重大事件なり

まず、遺言状から見ていこう。それほど長くないので、全文を引用することにする。

余は少年の時より老死に至るまで、一切秘密無く交際したる友は賀古鶴所《かこつるど》君なり。
ここに死に臨んで賀古君の一筆を煩わす。
死は一切を打ち切る重大事件なり。
奈何《いか》なる官憲威力と雖も、此に反抗する事を得ずと信ず。
余は石見人森林太郎として死せんと欲す。
宮内省陸軍皆縁故あれども、生死別るる瞬間、あらゆる外形的取扱いを辞す。
森林太郎として死せんとす。
墓は森林太郎墓の外、一字も彫るべからず。
書は中村不折《ふせつ》に依託し、宮内省陸軍の栄典は絶対に取りやめを請う。
手続はそれぞれあるべし。
これ唯一の友人に云い残すものにして何人の容喙《注1ようかい》をも許さず。

すでに自ら筆を執る力さえなくなっていた鷗外が、学生時代からの親友である賀古鶴所に代筆を頼んで残した一文だ。遺言とはいえ、相続など事務的な手続きについては一切触れず、自身の死後処理にのみ言及している。

特徴的なのは、二百五十字余りの短い文章の中に「森林太郎として死せん」という文言が二度も出てくることだ。林太郎とは鷗外の本名で、一度目の頭についている「石見人」というのは、鷗外が石見国、つまり現在の島根県南西地方にある津和野出身であることを示している。

すんなり読めば、本状は「自分はあらゆる名利を捨てて、石見の国で生まれた森林太郎という一個人として死ぬのである」という決意表明であり、教科書的な解釈だと「一切の名利を捨てて無に帰っていこうとする鷗外晩年の高い境地を示すもの」ということになる。

しかし、どうもただ「高い境地を示すもの」とは思えない何かが、この文章にはある。昇華しきれない強い情念が見え隠れしているのだ。

これは何も私だけの思い込みではない。同様の解釈が多くの文学者や研究者から提出されてきた。山田風太郎の『人間臨終図鑑』には、四人の識者の見方が記されている。

ドイツ文学者で鷗外の評伝を書いた高橋義孝は「鷗外の自負に相当する地位、名誉を与えられなかったことに対する悲しみの表白」。

小説家の中野重治は「この遺言の対象は強大なる『官憲威力』そのものであって、それに対する反噬《はんぜい》[注2]である」。

同じく小説家の松本清張が「鷗外をしてついに疎外者の運命を感ぜしめずにおかなかった『長州閥』[注3]への復讐の語」だとした。

注1：容喙
横から口出しすること。

注2：反噬
動物が飼い主にかみつくこと。転じて、恩人に背き、歯向かうこと。

そして、山風本人は「呪詛と悲哀に満ちたふしぎな遺言」と評している。

また、鷗外の専門家であり、津和野にある森鷗外記念館の館長も務める近代文学研究者の山崎一穎《かずひで》は、「〈公〉的な鷗外の遺言の底流には、ある劇《はげ》しさがある。不満の意がある。咆哮する獅子の荒ぶる心がある」と少々大仰な表現を用いた上で、私人として「父祖の地・先哲文人の地・石見に帰る」決意を表したのだとする見解を披露している。他の諸賢の分析も似たり寄ったりだ。要するにみんな「鷗外は自らを不遇の人と思い、その不満を抱えたまま死んでいった」と考えているのである。


不遇ねえ……。

帝国陸軍の軍医としては最高位である陸軍省医務局長まで昇り、退職後は宮内省帝室博物館総長兼図書頭《ずしょのかみ》、帝国美術院初代院長などを務め、死の直前には宮中から従二位の位が贈られている。社会的には立派な成功者だ。その上、近代文学の巨星として輝き、今に至るまで名を残しているのだから十分なぐらい十分な人生じゃないの？　と私のような生涯一ペーペーは思うのだが、自らを強く深く恃《たの》んでいた鷗外には不足だったらしい。

だが、彼の死に際を見ていくと、鷗外が不満を抱えていたのは、必ずしも社会的評価に対してのみだったとは思えないのだ。もっと大きな何かが胸中にあった気がする。

そのヒントになるのが二つ目の鍵だ。これは危篤になる少し前に突然大声で発したという言葉なのだが、なんとも生々しいのでそのまま引用しよう。

意識が不明になって、御危篤に陥る一寸前の夜のことでした。枕元に侍していた私は、突然、博士の大きな声に驚かされました。

「馬鹿らしい！　馬鹿らしい！」

そのお声は全く突然で、そして大きく太く高く、それが臨終の床にあるお方の声とは思われないほど力のこもった、そして明晰なはっきりとしたお声でした。

「どうかなさいましたか。」

私は静かにお枕元にいざり寄って、お顔色を覗きましたが、それきりお答えはなくて、うとうとと眠を嗜むで居られる御様子でした。

（「家庭雑誌」第8巻11号　伊藤久子「感激に満ちた二週日　文豪森鷗外先生の臨終に侍するの記」より）

人格者で知られた大文豪、末期の言葉としてはなかなか乱暴である。それゆえか山崎氏はこの言葉を「謎である」で片付け、さほど深くは突っ込んでいない。

だが、私はこの言葉こそ、鷗外の人生そのものを象徴するリフレインだと感じた。謎というほどのものではない。額面通りに受け取っていい。要するに、鷗外は死に直面して本気で馬鹿らしく

注3：長州閥《ちょうしゅうばつ》
明治時代、陸軍の中で力を持った長州（現在の山口県）出身者の派閥。

なったのだ。
なにが。
己の人生すべてが。

「家」のために生まれ、「家」のために生きる

鷗外は文久二（一八六二）年、明治を迎える六年前に、石州津和野藩の下級武士の子として生まれた[注4]。森家は代々藩主に仕える家系だが、祖父も祖母も他家から入った人なので、鷗外と森家の祖に血縁関係はない。極端な血縁主義に偏りつつある現代人の家族観から見れば不思議かもしれないが、不妊治療もなく人があっさり死んだ時代には、家を存続させるために夫婦《めおと》養子を取るのはよくあることだった。

しかし、なんとか生まれた男児は育たず、結局は第二子の峰子が吉次静男を婿養子に迎えることになった。鷗外は自伝的小説「本家分家」の中で、父・静男をこのように描写している。

> 壻入をした博士の父は、周防国の豪家の息子である。こんな風に他国のものが来て、吉川家を継ぐのは、当時髪を剃って十徳を着る医者の家へは、藩中のものが養子や嫁に来ることを嫌っていたからである。此人は医術を教えられて、藩中で肩を並べる人のない程の技倆にはなったが、世故に疎い、名利の念の薄い人であった。それを家つきの娘たる、博士の母は傍か

ら助けて、柔に勧めもし、強く諫めもして、夫に過失のないようにしていた。

藩内で微妙な立ち位置にいた森一族は立身出世欲が極端に強かった。狭い藩社会の中では名誉欲が満たされず、承認欲求に飢えていたのだろう。そんな人々に囲まれてもなおマイペースを保った静男は、別の意味で強い人だったのかもしれない。跡取り娘としてお家大事の峰子にいつも尻を叩かれながらも、相性はまずまずだったようだ。

そんな夫婦の間に生まれたのが林太郎、後の鷗外だった。

嫡子の誕生である。

一家、いや一族にとって、林太郎は燦然と輝く希望の星だった。当然、過大な期待が一身に集まる。特に絵に描いたような「封建時代の良妻賢母」である峰子とその母・清子の意気込みは半端ではなかった。

林太郎の立身出世を成功させ、森家の家名を上げる。それが母娘タッグを組んでの畢生の大事業となったのだ。鷗外の末子・類はその様子を「林さあ（父、森林太郎）を偉くする為めには寒くても、饑《ひも》じくても、結束して事に当たってきた一族」（「鷗外の子供たち」より）と表現している。

とにかく、二人は林太郎を何より大事に育てながらも、武家の男子として恥ずかしくない気概と

注4：石州津和野藩
石見国（現在の島根県）にあった藩。石高四万三千石。

教養、そして出世のための学問を身に付けさせようとした。
鷗外の自伝的小説である「キタ・セクスアリス」にはこんな一節がある。

> 六つの時であった。(中略)お父様は殿様と御一しょに東京に出ていらっしゃる。お母様が、湛《しずか》もう大分大きくなったから、学校に遣る前から、少しずつ物を教えて置かねばならないというので、毎朝仮名を教えたり、手習をさせたりして下さる。

これだけでも十分教育熱心な母である。しかし、実際には仮名の手習いどころではなかった。六歳でいきなり儒者について漢籍の勉強、八歳で藩校に入れた。さらに父からはオランダ語を習うようになった。とんでもない英才教育である。

とはいえ、我が子にだけ無理をさせる二人ではなかった。鷗外の妹である小金井喜美子は、後にこう回想している。

> 祖母君物縫いなどし給う傍らの部屋に小机すえて、仮名附きの四書手に持ちて復習させするを役とし、自らも蔵なる書ども取り出で、塵払いて読みなどし給えり。子に教うるには、先ず自ら学ぶべく思い立ち給いしなり。(中略)母君、若き程はか弱くいましつれば、物学びに通うこと難く、なおその頃の大方の習いとて、女子の文才と法師の髪は無くて事欠かずと、名高き[注5]白河の楽翁公さえのたまえりなど云う時代なれば、はかばかしく物も読み給わざりしを悔しが

り給いて、今は力の及ぶ限り、読みも書きもしつべく勉め給いぬ。

（「不忘記」より）

子供の手本になるよう、率先して自ら学ぶ母と祖母。頭ごなしに「勉強しなさい！」と怒鳴りつけるだけの教育ママとは大違いだ。ここまでやられたら、子としても身を入れざるを得まい。林太郎は懸命にがんばった。

幸運だったのは、林太郎がスパルタ教育にもついていけるだけの頭脳の持ち主だったことだ。特に記憶力は人並み外れて優れていた。おかげで、度が過ぎる詰め込みにもなんとか耐えられた。外で遊ぶよりは家で本を読んでいる方がいいという性情だったのも利した。

だが、何よりよかったのは、父・静男が家庭内避難所として機能していたことだ。

父君は学校の事を、二人の兄君にも、己れにも、さのみきびしくはのたまわず、暗記物など覚えかねて部屋の片隅に泣きなどする折、通り掛かりては、おかっぱの頭やさしく撫でなどし給うに身にしみていいと嬉しく、すり赤めたる目も乾きて、後ろ影を見送りぬ。

（「不忘記」より）

注5：白河の楽翁公
江戸時代後期の白河藩藩主にして幕府の老中を勤めた松平定信の異称。賢君で知られていた。

鷗外自身も「この家庭では父が情を代表し、母が理を代表し、父が子供をあまやかし、母がそれを戒めると云う工合であった」（「本家分家」より）と述懐しているぐらいだから、烈女ふたりに管理される子を、父なりに気遣っていたらしい。

好条件が整っていたおかげで、林太郎は大きすぎる期待に潰されずにすんだ。しかし、立身出世という道しか歩ませてもらえない子供の心には、すでに影が差し始めていた。

僕はぼんやりしているかと思うと、又余り無邪気でない処のある子であった。

（「ヰタ・セクスアリス」より）

努力が実るか、ついていけずに転落するか。薄刃の上を歩くような幼少時代だったといえるだろう。

初めての「寄り道」

さて、この調子で鷗外の生涯を見ていくと、いつまで経っても本題にたどり着かないので、学生時代のあれこれは端折る。

飛び級に次ぐ飛び級で十九歳にして第一大学区医学校（現在の東京大学医学部）本科を卒業した

鷗外は、数ヶ月の間、父を助けて開業医をやっていたが、やがて陸軍省に入省し軍医となった。この進路を鷗外はどう受け止めていたのだろうか。

どうやら本音では文学者になりたかったらしい。だが、それは自らの前半生と親の期待を一切無にするに等しい道だ。軍医になって洋行し、立身出世の緒を掴む。これしか選択肢はなかった。他家から入った父とは段違いの責任と期待が覆いかぶさっていたのだ。

二十歳で父を差し置いて森家の実質的な家長として扱われるようになった鷗外。一見、年不相応な落ち着きのある青年だったが、なかなかどうして難しい性格の持ち主だったらしい。

長男の於菟《おと》は、「鷗外の母」というエッセイで次のように述べている。

一面神経質で弱気な所もあるが同時にややもすれば奔放不羈《き》[注6]に流れる父

若い頃の父はあらゆる障壁を突破して学問に精進し、文学でも医学でも己れと説を異にする者には、たとえそれが先輩であろうと世に知名の学者であろうと、ひるまずに応酬するという風であり、家中のものが父の機嫌の悪い時には腫物に触るようにしていたらしい。

注6：奔放不羈
世間のきまりやしきたりにとらわれず、心のままに振る舞うこと。

息子による鷗外評は実に正鵠を射ている。「一面神経質で弱気な所もあるが同時にややもすれば奔放不羈に流れる父」という面は、留学先で現地のドイツ人女性と関係を持ちながらも、妻になろうと来日した彼女を親族に言われるがままに追い返した件（「舞姫」のモデルとなった事件）によく表れている。親の命で結婚した最初の妻にして長男・於菟の母を、たった一年ほどで一方的に離縁したのも、この類《たぐい》だろう。

また、「たとえそれが先輩であろうと世に知名の学者であろうと、ひるまずに応酬するという風」に関しては、ドイツの地質学者・ナウマンに喧嘩をふっかけたり、坪内逍遥と「没理想論争」と呼ばれる文学論争を起こしたり、恩人ともいえるはずの西周《あまね》を著作の中でこき下ろしたりと、枚挙に暇がない。若い頃の喧嘩っ早さは有名だったそうだ。

ただし、己が性格のいびつさをはっきりと自覚していたのがさすがというか、鷗外の鷗外たる所以だ。自分は決して他人とは馴染みきれない性質《たち》であることを意識していた。

鷗外が五十歳を前に書いた未完の自伝的小説「灰燼」に、極めて興味深い一節がある。少々長くなるが、鷗外の人生を知るには欠かせない部分なので、そのまま引用してみたい。

それと同時に節蔵は、自己と他人との心的生活に、大きな懸隔のあるのを知った。否、少くも知ったように思った。それは他人の生活が、兎角肯定的であって、その天分相応に、大小の別はあっても、何物かを肯定しているのに、自己はそれと同化することが出来ないと思うのである。そして節蔵は他人が何物かを肯定しているのを見る度に、「迷っているな」と思う。「気の毒な奴だな」と思う。「馬鹿だ」と思う。

そう云う風に、肯定即迷妄と観じて、世間の人が皆馬鹿に見えだしてから、節蔵の言語や動作は、前より一層うやうやしく、優しくなった。


ここがポイントだ。

「前より一層うやうやしく、優しくなった」。

鷗外については様々な人が彼の人となりを書き残しているが、中年以降の鷗外に関しては穏やかで大人物然としていたという点で一致している。

官僚として権力闘争に巻き込まれてとばっちりを受けたり、四十歳を過ぎてから母の斡旋によって再婚した美人で癇癪持ちの若妻・志《し》げが巻き起こした嫁姑問題に直面したことで、人格が練れたためというのが一般的な見方だ。

家族も鷗外への敬愛を隠そうとしない。森一族は大変ユニークな人たちで、鷗外の弟妹・妻・子供たちがみな、鷗外について何かしら書き残しているのだが、揃いも揃ってその人格高潔なるを讃え、自分は鷗外から並々ならぬ愛情を注がれたと自慢している。ここまで身内褒めの激しい人たちはちょっと珍しい。それもこれも、決して身内を貶《けな》したり罵ったりしなかったという鷗外の人徳というものだろう。

しかし、於菟と長女の茉莉《まり》は、少し冷静な視点を持っていた。

父から怜悧な頭脳を受け継ぎ、また継母や弟妹と一定の距離を置いていた於菟は、「昔家族の皆から機嫌をとられていた父が性格の円熟したこの頃になって、母と妻の間に立ち、日夜、言語挙動の末まで気をつかわねばならなかった事は皮肉とはいいきれぬ不幸であった」(「鷗外の母」より)と述べている。鷗外が死ぬまでの二十年間、旧弊で頑固な母とヒステリックでわがままな妻に挟まれて右往左往し、必ずしも泰然自若だったわけでないと暴露しているのだ。

一方、長女の茉莉は、もっと本質的なことに気づいていた。

私の頭に感じられても心には、体には、感じられて来ない父の愛、父の芸術の、高さ、匂い、味、細かさ、深さの、貴いようにまで優れているのに、どこか心《しん》がない、胸に来る温度がない、心臓にひびいて来る動悸の鼓動がない、というような所のある事。

(「父の底のもの」より)

どこか心《しん》がない。

「恋人のようだった」と表現するほど愛していた父を表現する言葉としては、ちょっと異様だ。しかし、間違ってはいなかったのだろう。抜群の直感力を受け継いだ娘は、父の心の奥底に沈んでいる氷に気づいていたのだ。

おそらく、鷗外は、於菟が見たように家族の調和のために神経をすり減らす好人物ではあったが、人としての温かい気持ちを真には持ち得ない人だったのではないか。

鷗外の目には、家族も親族も、職場や文壇の人々も、等しく馬鹿に見えていた。だからこそ、

「うやうやしく、優しく」接することができた。それはある種ペットに抱く愛情に近いのかもしれない。人間は相手を見下しながら、同時に深い愛情を持つことはできる。逆にいえば、どれほど愛していようが、必ずしも対等の存在として尊重するわけではない。

鈍感な人間は、こうした機微に気づかないだろう。だが、目の鋭い者、もしくは感受性の豊かな者は、愛に混ざる侮蔑の臭いを嗅ぎつけてしまう。これは、なかなか恐ろしいことだ。悪妻とまで言われた志げの情緒不安定も、そんな夫の心底を言葉にならずとも察し、怒りと恐れを抱いていたのが原因かもしれない。

決して解けない胸の氷を、鷗外自身も自覚していた。

節蔵はいつの間にか、自分の周囲に崇拝者が出来るのを感じた。（中略）只奥さん（注・節蔵が下宿する家の奥さん）の本能が、節蔵のどこやらに、気味の悪い、冷たい処があるように感じている丈であった。

（「灰燼」より）

どうも自分は人並はずれの冷澹な男であるらしい。

（「ヰタ・セクスアリス」より）

子供の頃から一族の期待を一身に背負ってきた男は、ままならない人生に、ある時期は苛立ち、

ある時期は諦観を抱いて生きていた。

周囲の人間は、みんな馬鹿に見えた。馬鹿は同じ人間とは思えないから反って優しくできた。だから、慕われ、尊敬され、ついには偶像化されるまでに至った。

そんないびつな自分を、鷗外は受け入れる他なかった。ごく一部の人間を除けば、誰もがまんまとごまかされてくれた。

だが、それは幸せなことだろうか。私だったら、そうは思えない。

理性が薄れゆく中で

五十四歳で陸軍を退官した後は、いくつかの名誉職には就いたものの、ようやく好きなように好きなことをする時間を持てるようになった。

しかし、病はすでに鷗外に迫っていた。

彼の死因は公式では腎萎縮となっていたが、実際のところは肺結核だった。罹患の時期はかなり早かったらしい。於菟は、著作で於菟の母・登美子の実家が肺病の筋だったことに触れ、義母である志げに「パッパの結核はあなたの母親にうつされた」と告げられたと記している。鷗外の極端な医者嫌いは、このせいだったのかもしれない。当時の鷗外の立場であれば、結核であることは隠さねばならない不祥事だった。

しかし、若い頃は潜伏していた病も、加齢とともに抑えきれなくなった。

大正十（一九二一）年頃から、結核菌による腎不全と思しき兆候が出始めた。そして、この頃から、若い頃のような神経質でピリピリした鷗外が戻ってきた。病が、鷗外の堅固な仮面を剥がし始めたのだ。

理性が力を失っていく中で、心中に強く浮かび上がってきたのは、家族のため、一族のためにひたすら我慢してきた生涯への悔恨だったのではないか。

親の期待以上の立身出世を果たし、歴史に名を刻んだ人生。だがそれは何一つ思う通りにできなかった一生でもあった。

一昨年に亡くなった俳優の樹木希林さんがジョン・エヴァレット・ミレーの「オフィーリア」に扮して横たわるパスティーシュ・イラストの上部に、『死ぬときぐらい好きにさせてよ』とのキャッチコピーをつけた広告が新聞に掲載され、大変話題になったが、死を意識した鷗外の気分は、まさにこれだったのではなかったか。遺言にわざわざ「石見人森林太郎として死せんと欲す」と書いたのは、東京に来て以降の人生は自分にとってはなんの意味もなかった、と暗に示しているように感じるのだ。

軍での経歴も、文名も、社会的地位も、もしかしたら「森一族」でさえ、もうどうでもよくなったのだろう。脳裏には、名利にとらわれず粛々と生きた静男の姿がよぎっていたのかもしれない。

賀古は、大正十一年五月二十六日、鷗外から一通の速達を受け取った。賀古によって「医薬を斥くる書」と命名されたこの書簡を読めば、臨終を二ヶ月余り後に控えた鷗外がこの時期すでに死を受け入れていたことがわかる。同時に、延命を拒否する意志を持っていたことも。

ほどなくして死の床に就いた鷗外は一切の医療を拒否した。半狂乱になった妻の懇願さえ、凍りついた心を溶かすことはできなかった。唯一の妥協が検尿に応ずることだった。尿に添えた手紙には「僕の尿即ち妻の涙に候」との言葉がある。つまり、この検尿は妻の涙に応えたものであり、最後の思いやりだと言うわけだ。

「一切を打ち切る重大事件」を前にして、彼が望んだことはたった一つだった。無駄な延命を拒否して、好きなように死んでいくこと。

偉人の最後の望みとしてはまことに慎ましやかだ。だが、「好きに死ぬ」ことが一族ファーストの人生を送らざるを得なかった男にとっては最高の贅沢だったのだろう。

意識がある時は往診する医師や見舞客に紳士然とした態度を取っていた。だが、前後不覚になって理性の箍《たが》が失われるやいなや「馬鹿らしい」と連呼せざるを得なかったほどの抑圧に耐えきったことこそ、鷗外がやり遂げた一番の仕事であり、真に讃えられるべき功績なのかもしれない。

人間、好きなように生きなければ、幸せには死ねないものだ。つくづく、そう思う。

BUNGO NO SHINIZAMA

有島武郎

TAKEO ARISHIMA

夢想に生きた
男の理想の最期

有島武郎（ありしま・たけお）

小説家。明治11（1878）年、東京生まれ。大正12（1923）年、軽井沢で編集者・波多野秋子と情死。享年45。代表作に『或る女』『一房の葡萄』『小さき者へ』『生れ出づる悩み』など。

近代文学作家で心中事件を起こした有名人の筆頭格といえば太宰治だろう。

だが、大正時代にも、太宰の死に勝るとも劣らないセンセーショナルなスキャンダルとして、世を騒がした心中があった。

白樺派の旗手・有島武郎と「婦人公論」誌編集者だった波多野秋子の情死だ。

ひと月ほど行方不明になっていた二人の遺体が見つかったのは、大正十二（一九二三）年七月七日のこと。翌日からは狂乱の報道合戦が始まった。

「軽井沢の別荘で有島武郎氏心中　愛人たる若い女性と」

「心中したのは六月中旬か　腐乱していた死体　美装した相手の女」

当時、武郎は芥川龍之介をも凌ぐ第一級の人気作家だった。とりわけ、清廉潔白なイメージで多数の女性ファンを獲得していた。

そんな人間の情死である。しかも、相手の波多野秋子が人妻だったことが判明し、上を下への大騒ぎになったのだ。

テレビやラジオのなかった時代ゆえ報道は新聞が先行、のちに雑誌類が追いかける状況だったが、この事件がどれほど世間の興味を掻き立てたのかは、約二ヶ月後まで武郎関係の記事が発表されつづけたことでも知れる。九月一日に関東大震災が起こらなければ、まだ終わらなかったかもしれない。

騒動の顚末については、武郎の個人雑誌だった「泉」の終刊号をはじめ様々な記録が残っているが、当事者に近しい人によって書かれ、かつ書籍化しているものは二つある。武郎の弟・里見弴が書いた小説『安城家の兄弟』と中央公論社の編集者だった木佐木勝の『木佐木日記』だ。

前者は身内の記録だけあって、複雑な感情が入り交じる。一方、後者は武郎に大した思い入れがなく、秋子には嫌悪さえ抱いていた人物が書いているため、感傷は最低限で記述も客観的だ。

木佐木日記によると、事件が露見するその日まで、武郎と秋子の失踪は最重要機密としてひた隠しに隠されていた。知っていたのは武郎の家族と秋子の夫である春房、そして中央公論社の一部幹部のみだった。

そのため、発見当初はとんでもないデマが新聞紙面に躍った。

見出しは「出産に煩悶か　平塚で二年前から同棲」。内容は次の通りである。


有島氏と一緒に死んだ婦人の身許は同家でも警察署でも一切秘密にしているが、探聞する所によれば、同女は麴町区内に住む某大家の娘さんで有島氏が出している月刊雑誌『泉』の誌上で発表する氏の思想に共鳴し、別項生馬氏（※筆者注　武郎の弟で画家の有島生馬のこと）の談にある如く、しばしば氏を訪問する中に恋に落ちたものであって、三年前から相州平塚（※筆者注　現在の神奈川県平塚市）の某所に同棲して居り、その後有島氏が鎌倉の長谷寺に移って彼の小説「或る女」を創作する当時に両人は暫時も離れなかった。然るに、両人の間には子供が出来、総ての点に於て厳格なる有島氏は今更この事に就いて深く煩悶を重ねていたらしく、それ等が遂にこの悲劇を生むに至ったのではあるまいかと。

（東京朝日新聞朝刊より）

なにやらえらく詳しいが、内容自体は何一つ真実がない。デマもデマ、大デマだ。武郎と秋子がのっぴきならない関係に至ったのは死の数ヶ月前のことだし、同棲だってしていない。というより、そもそも秋子は「麹町区内に住む某大家の娘さん」ではない。

これを読んだ木佐木は、日記にこう綴っている。


この記事は、自分には少しばかばかしく思われた。何が常に行為の純正を欲する有島氏だと思って腹が立ってきた。新聞記者もいいかげんなことを書くものだと思った。

（中央公論新社刊『木佐木日記』上巻　七月八日の記述より引用）


ちなみに、この時点で木佐木は有島の心中相手が同僚である秋子とは知らなかった。ぼんやりと悟るところはあったようだが、夕刊に真相が載った段階で一応は驚いている。

つまり、木佐木が「新聞記者もいいかげんなことを書く」と思ったのは、心中相手の身許についてではない。「総ての点に於て厳格なる有島氏」なる言葉にひっかかったのである（日記文には「常に行為の純正を欲する有島氏」となっているが、当時の記事は引用の通り）。

では、なぜ木佐木は記者による評を「いいかげんな」と思ったのか。それは、木佐木が文壇関係者として彼の派手な女関係を知っていたからだろう。

そう、社会的良心を代表するようなポジションにいながら、実際の武郎はかなりの女たらしだったのである。

理想が高すぎていろいろ歪んだおぼっちゃま

ここで、ざっと有島武郎の生い立ちを確認しておこう。

武郎は明治十一（一八七八）年に東京で生まれた。父・武は薩摩藩郷士出身の官僚、母・幸子は南部藩江戸留守居番を務める家の娘。つまり士族だ。明治期の士族は、没落者と成功者の二手にきれいに分かれていたが、幸いなことに有島家は後者だった。やり手の父は官僚として昇進する一方、実業にも手を出し、成功を重ねていった。

そんな家の長男に生まれた武郎は、当然ながら後継ぎとして厳しく育てられた。

父は長男たる私に対しては、殊に峻酷な教育をした。少い時から父の前で膝を崩す事は許されなかった。朝は冬でも日の明け明けに起こされて、庭に出て立木打ちをやらされたり、馬に乗せられたりした。母からは学校から帰ると論語とか孝経とかを読ませられたのである。一向意味もわからず、素読するのであるが、よく母から鋭く叱られてメソメソ泣いた事を記憶して居る。

（「私の父と母」より）

明治の士族にはよく見られる教育法である。ただし、父には先見の明もあった。

父は然しこれからの人間は外国人を相手にするのであるから外国語の必要が有ると云うので、私は六つ七つの時から外国人と一所に居て、学校も外国人の学校に入った。

（同右）

武郎が四歳の時、父が横浜税関長という重職に出世したので一家は横浜に転居。そこから英語の英才教育が始まる。まずは知人の米国人一家に預けて英語を覚えさせ、就学期になるとミッションスクールである横浜英和学校（現在の横浜英和学院）に通わせた。十歳の頃、学習院が皇族や華族以外にも開放されたのを受けて編入すると、成績優秀・品行方正だった武郎は後の大正天皇となる明宮嘉仁親王《はるのみやよしひと》の御学友に選ばれる。武郎についてまわる「毛並みのよさ」感はこんなところからも来るのだろう。

そういうわけでエリートへの道を一直線に進んでいた武郎だったが、思わぬ陥穽《かんせい》が待っていた。体が弱かったため、都会暮らしでは命が危うくなると医者に宣告されたのだ。十九歳にして地方移住を余儀なくされた武郎は、進学先に北海道を選んだ。

羸弱《るいじゃく》な自分の肉体をはかなみながら、見渡した地方の学校の中で、殊に私の心を牽き付けたのは札幌農学校だった。幼稚な時から夢のような憧憬を農業に持っていたのも一つの原因であるが、北海道という未開地の新鮮な自由な感じと、私の少年期の伝奇的な夢想と結びつき、人前で怯《おく》れ勝ちだった私の性情が、境地の清寂を希《ねが》ったのも与《あずか》って力があった。

(『リビングストン伝』第四版序言より)


この一文に、後の武郎という人物がよく表れている。

彼は自分の性格を引っ込み思案で夢見がちと捉えていた。実際その通りだったのだろう。札幌の地にあこがれてはみたものの、他の学生たちとは相容れず、なかなか友人ができなかった。そりゃそうだろうと思う。普通、農学校を志すような学生は農業の現実を知った上で開拓なり農場経営なりに自らの道を定めるつもりで入学してくる。ぼんやりとした農業へのあこがれだけでは入らない。おまけに、武郎は士族教育に始まって西洋教育から華族教育と、いわゆる「普通の教育」を一度も受けていなかった。友達ができなくて当然だ。

しかし、どこにでも変わり者はいる。武郎の同級生にもいた。終生の友人であり、一時期は同性愛的交流さえあった森本厚吉である。

厚吉はなかなか偏屈な人物だったようだが、なぜか武郎に目をつけ、自分の友人となるよう迫った。そして、キリスト教の信仰に有島を巻き込んでいく。その結果、武郎は厚吉とキリスト教の双方に心酔し、のめり込んでいった。なにかに熱狂してはまりやすい性格がよく表れたエピソードだ。挙げ句の果てに、二人して死ぬつもりでプチ家(というか寮)出する。そう、つまり武郎は心中の前科者だったのである。もっともこの時は未遂も未遂、五日ほどで逃げ帰るのだが。

しかし、これがきっかけとなり、キリスト教に入信することを決め、清教徒に倣った祈りと禁欲の生活を実践していく。

だが、「ボクの考えた清いキリスト者」生活は思わぬ副次的効果をもたらした。禁欲を厳しく課したがゆえに、かえって性欲が前景化してしまったのだ。要するに二十歳やそこらのヤリたい盛りに禁欲なんぞやってしまったがゆえに、かえって性欲が爆発したのである。理想と現実の狭間で苦しむのは武郎の十八番なのだが、これなんかが一番わかりやすい例かもしれない。

とはいえ、乱倫に陥ったわけではなかった。セックスを全面拒否する気持ちはますます固くなった。帰省中に祖母付きの看護婦に性的な誘惑を受けても、それを退けるくらいには徹底していたようだ。一部の人間にとっては、宗教的禁忌に従って己を律する法悦は、即物的な官能の快楽に勝るらしい。

しかし、この時期の禁欲体験が、のちの武郎の女性観……というより異性交際観を、奇妙に歪めたように私には思えるのだ。

武郎は、自分自身の心の弱さと性欲の強さ（と本人は思っている）を自覚し、肉の欲求を抑えることに宗教的／精神的意義を見出した。一見崇高なようだが、マゾヒズムの表れというか、一種の宗教的遊戯に見えないこともない。

また、衝動を抑えすぎた末、理想と現実の不均衡に折り合いをつけようとする心理が過度に働いたのか、プラトニック・ラブを変な形で解釈するようになった。精神愛であれば、同時に複数の女性と愛を交わしてもいいという自分ルールを作ってしまったのだ。

プラトニックな平行愛は彼にとっては恥ずべきことどころか人に誇れる素晴らしい行為で、堂々と自らのアイデンティティの一部に組み込んでいた。発表したエッセイや論文にも「僕は複数の女性と同時進行できるよ！」と大威張りで書いているほどだ。それでもスキャンダルにならなかったのはひとえに「肉の関係」は結ばなかったかららしい。まあ、世の中そんなものである。

だが、この精神的不均衡が起こった時点で、おそらく武郎の末路にはある程度の布石が打たれたのだろう。そう思えるほど、「体の関係はないけどズブズブの恋心を抱く女性」が一生を通じて増えていくのだ。

脱キリスト教、そして社会主義へ

そんな武郎が、初めて結婚を考えるレベルで意識したのが河野信子という女性だった。

農学校を卒業後、一年間の兵役を終えた武郎は、米国留学を目指して準備を進めていた。そんな時、信子と出会った。彼女は札幌農学校の恩師である新渡戸稲造（千円が夏目漱石だった時代に五千円札だった人）の姪で、瓜実顔の美人だった。

もう一度言おう。信子は美人だったのである。

これはどんな解説書にも研究書にも書かれていないが（書けるものでもないだろうが）、この際だからはっきり言っておきたい。

武郎は、まぎれもなく面食いだ。しかも、途方もない面食いである。絶対間違いない。

証拠はいくらでもある。書簡集を読んでラブレターが出てきたら、その受取人となった女性の顔写真をネット検索すればいい。誰だって「ああ〜」と思うはずだ。

とにかく、すっかり信子に心奪われたものの、初めのうちは気持ちそのものを、信仰的理由を盾にして否定していた。ところが、同時期に友人や弟妹の生馬と愛子が恋愛問題に悩み苦しむのを見て、徐々に己の禁欲生活に疑問を持ち始める。

余は一人の同情を呈し得るもののあるは余に一人の恋人あるなり。彼女の余を思うと思わざるとは余の知る所にあらず。余が心の中にあこがるるなり。而して余が心の中には云うべからざる涼しさを感ず。主に謝す、感謝す。余を苦しめたまえ。

（明治三十六年三月五日の日記より）

歪んでるなあ、と思いませんか？

青年の煩悶といえば美しいだろうが、「主に謝す、感謝す。余を苦しめたまえ」の自己陶酔感、私はちょっといただけない。

武郎には、すべての事象において「理想型」を見出し、それに無理矢理自分をはめ込もうとする傾向がある。だが、どんな女性もバービー体形にはなれないように、人工的な理想に生身を合わせるのはまず不可能だ。必ずどこかが余り、どこかが空く。自己陶酔するのと同じぐらいの勢いで自己批判も欠かさない武郎にとって、理想に対する余剰と欠損は常に苦しみの元となった。

彼の人生に漂う空転の気配は、幼い理想を捨てきれなかったゆえに生じたものだ。だが、それは一種のシステムとして武郎の脳髄にがっちり食い込んでいた。無理に切り離せば、彼の人格も文学も成り立たなかったと思われる。

なんとも業が深いというか……。

真面目といえば真面目な人だったんだろうなあ。

女癖は悪いけれど。

話を戻そう。

二十五歳の武郎は信子に心を残したまま、明治三十六（一九〇三）年八月、米国留学に旅立った。そして、ペンシルベニア州のハバフォード・カレッジの大学院に入学し、歴史と経済を学び始めた。そこでアーサー・クロウェルという米国人の友人を得て、十一月には彼の実家に遊びに行き、出会ったのだ。心の恋人（の一人）フランセス、通称ファニーに。

当時、ファニーは十三歳。さすがにガチ恋の相手にはならなかったようだが、かえってプラトニックな憧れが掻き立てられ、心の中の一部屋を永遠に明け渡すことになった。

ファニーに対して、「童女の清浄と歓喜」を感じた武郎は、彼女を偶像化する。ところが、翌年再会したファニーが少し大人びた表情になったのを見ると、一転「お前はもう童女じゃない、処女になってしまったんだね」などと本人を前にして言い放ち、ファニーの心を傷つけてしまった。武郎はそんなつもりはなかったと弁明しているが、どう考えても性的な発言である。きっぱりセクハラだ。

この一件でファニーは武郎に対して心を閉ざしてしまった。だが、すでに「永遠の童女としてのファニー」を心の一隅に閉じ込め終えていた武郎には「童女から処女に成長した女」は用済みだった。

ことの顚末を描いた短篇「フランセスの顔」は、ファニーの"Farewell!"という、拒絶のような別れの挨拶で終わっている。だが、私にはむしろそれが武郎の言葉だったように思えてならない。私が必要としたファニーはもういない。だから、さようなら、と。

武郎の恋愛には、一人で盛り上がって相手を崇拝し、ピークが過ぎたら勝手に萎えていく傾向がある。彼にとって、女性は「憧れを投影するための鏡」であればよかった。等身大のその人にはさほど興味がないのだ。だからこそ、好きな女はいくらでもできる。理想の数だけ、女性が必要だから。

三年の留学が終わると、武郎はまっすぐ日本には帰らず、弟の生馬が留学していたイタリアに向かった。グランド・ツアーの始まりである。ナポリを始点にイタリア各地を周遊、さらにスイス、ドイツ、オランダ、ベルギー、フランス、イギリスと西ヨーロッパの主要都市を巡り、見聞を深めた。

そして、スイスに到着するやいなや、またしても永遠の恋人を見つけてしまう。

投宿したホテルの娘、ティルダ・ヘックだ。

ティルダとともに過ごした時間はほんの一週間だったが、その短期間ですっかりティルダに首ったけになった武郎は思わず彼女にキスし、「私、婚約者いるから」と告げられ、またもや勝手に失恋する。しかし、帰国後も彼女との文通はなんと十六年間にわたって続いた。つまり、死ぬまで交流していたのである。

武郎は、一九〇八年五月、帰国して一年ほど経ってから、ティルダにこんな手紙を送った。

今晩また貴方のこの前の手紙を読み返しました。そしてお会いして貴方の目を覗き込み、あの湖のほとりでしたように、貴方の手をきつく握りしめたいという思慕の念に強く捕らえられました。（中略）ティルダ、私は告白します。私は長い間、自分自身と貴方を欺いてきました。貴方は私の友人ですとか、親愛なる友とか、愛しい妹（※筆者注　実際にはティルダが一歳年上）とか言った時、私は無意識に貴方に嘘をついていたのです。私は貴方を気に入っているだけではないのです。ただ好きなだけではないのです。愛していたし、今も愛しているのです。

（『愛の書簡集――有島武郎よりティルダ・ヘックへ』より）

熱烈である。熱烈であるが、この時期、彼は信子との結婚を諦めて大いなる苦しみを受けていたはずである。つまり、ファニーやティルダに熱烈な愛を捧げている最中も、信子は信子で結婚するつもりの恋人として心の部屋にキープしていたのだ。

ついでに言うと、父の勧めで十九歳の神尾安子とお見合いして婚約したのはこの四ヶ月後のことで、結婚までの半年ほどは十歳年下の別嬪さん相手に恋愛を謳歌している。ところが、結婚寸前になってなんだか恋が冷めてしまったと言い出す始末。

なんなんでしょう、この人。

私は極端な一種の潔癖性と、自分を恋人に与えるまでは、肉体を愛のない女に与えまいとする欲求と、自分の肉の要求のために多かれ少なかれ婦人を犠牲に供するのを畏れる心とから、三十一歳になるまで肉的の関係では童貞を守り通して来た。然しそれは私が性的に潔白であったと云う証明にはならない。(中略)実際に婦人を犯さなかった私も、心の中では常に婦人を犯していた。而してこの内部の葛藤に苦しめられ通した。

(『リビングストン伝』第四版序言より)

ここに綴られた理想と現実の板挟みへの煩悶は、ポーズではなく本物だったらしい。信仰は刻一刻と揺らいでいった。原因は複数あったが、「ボクの理想のキリスト教」に現実のキリスト教をはめ込んだら、あっちこっちに矛盾が生じ、それに対する疑念を抱えきれなくなったのだ。また、米国留学中に、最新の西洋哲学や流行期に入りつつあった社会主義思想に触れたことで新たな「理想」を得たのも原因のひとつだった。

ただ、それに対してどうアプローチすればいいのか皆目わからず、自己嫌悪に陥っていった。ティルダに熱烈な手紙を送る一ヶ月ほど前にはピストル自殺を試みるほど追い詰められていた。とはいえ、その直後にあの手紙かあと思うと、どうにもどっちらけ、ではあるのだが。

結婚した妻・安子との間には次々と三人の男の子が生まれた。結婚後、せっせと励むようになった夜の営みに「これではいかん」と半年も妻の体から離れたりもしたそうだが、その割には順調な家族計画である。だいたい、半年ほっとかれた若妻はどうすりゃいいのという話で、仲は悪くもないが特別良くもない、ごく平均的な夫婦という具合だったようだ。

「An Incident」という短篇では、初めての子育てに癇癪を起こす自分の姿を客観的に書いているが、妻の心理への洞察にはどうにも身勝手さがにじみ出ている。

しかし、たとえそうだとしても、武郎はこの時代の男性にしては妻を尊重しようとしているし、子煩悩だった。だから、もし安子がそのまま生きていれば、あるいは状況は変わったかもしれない。

だが、安子は結核のため、二十七歳の若さで没した。

時に大正五（一九一六）年、武郎は三十八歳の男盛り。

この多情な男が、恋愛生活においてただで済むはずがなかった。

小説家としての成功、社会主義の実践、そして情死

大正五年は、武郎にとってある意味厄年、ある意味解放の年となった。

妻だけでなく、父も死去したのである。父は、理想家で夢見がちな息子にさっさと見切りをつけ、せめて苦労なく生きていけるようにと北海道のニセコに農場を購入していた。つまり、地主として収入を得られるよう周到に用意してやっていたのである。なんとありがたい親心だろうか。

ところが、それが武郎には負担になってしまった。すでに社会主義思想に傾倒していたために、

小作人の上前をはねながら有産階級として生きることは苦しみ以外の何物でもなかったのだ。しかし、彼にとって絶対的権威である父の意向を無視するわけにはいかなかった。だから、鬱屈しながらも地主の地位に甘んじていた。

だが、父という権威は死んだ。

妻という枷も失われた。

武郎は、ようやく自由に生きる道を見出した。

かの有名な文学同人誌『白樺』には結婚の翌年から参加しているが、小説家としての仕事を本格化させたのは妻と父の死の翌年からだ。

一九一七年には「惜しみなく愛は奪ふ」「カインの末裔」、一九一八年には「小さき者へ」「生れ出づる悩み」、一九一九年には「或る女」と代表作を次々に発表していく。

その理知的かつ最新の思想に裏打ちされた作品はまたたく間に人気を博し、圧倒的な支持を得た。特に母なき子となった三兄弟に宛てた「小さき者へ」は世の女性の紅涙を絞ったという。

知性と教養が溢れる文章、柔和な顔立ち、洋行帰りの洗練された立ち居振る舞い。結婚生活数年で妻を亡くした悲劇性と、子らのために独身を貫く決意をしたという清廉性。おまけに婦人運動に理解を示す近代人としてのスマートさ。

これでもてないはずがない。

派手な女性関係がまた始まった。もちろん、「肉の欲」は抜きだが。

妻の存命中から（ここ大事）交流があった御園千代子は鶴岡八幡宮の沿道にある寿司屋の娘だ。

文壇公認の仲良しさんは閨秀作家の大橋房子。元帝劇女優ですでに人妻になっていた唐沢秀子とは秋子から関係を疑われるほど「お親し」かった。さらに、ノンフィクション作家の永畑道子は、あの与謝野晶子とも恋愛関係にあったと言っている。この他にもいろいろといたらしい。

波多野秋子も、最初はそうした中の一人だった。

ところが、彼女だけ、武郎と抜き差しならない関係になることに成功する。

なぜか。

たぶん、理由はふたつある。

まず秋子が女優顔負けの飛び抜けた美女であったこと、そしてもう一つは、破滅願望に囚われつつあった武郎の心の部屋に、ちょうどよい女だったことだ。

波多野秋子——生きづらさを生きた女

波多野秋子の出生は今ひとつ詳らかではない。母が新橋の芸者だったことは確実だが、父の身元には二説あり、判然としないのだ。とはいえ、父のわからぬ子というわけではなく、秋子自身は父を知っていた。だが、その名を公表すれば自らが庶子であることがバレてしまう。そのため、ひた隠しにしていたらしい。

秋子の母は娘を芸者にはしたくなかったので、女学校に通わせた。そこで一人の英語講師と出会う。夫となる波多野春房だ。十八歳の秋子はまさに花の盛りだったのだろう。詳しい経緯はわからないが、春房は妻帯者であったにもかかわらず十五歳以上年下の秋子を見初め、離縁してまで彼女を妻に迎えた。そして、大学に通わせ、教育を授けた上、女性編集者として中央公論社で働くよう仕向けたのである。

こう書くと、なにやら春房と秋子は大恋愛の末に結ばれ、春房は秋子を掌中の珠としながらも近代女性として尊重した良き夫のように見えるが、実際の結婚生活は、少なくとも秋子にとっては不幸なものだったらしい。

春房は極めて女癖が悪かった。そして、秋子をモノのように扱った。才色兼備で流行りのモガでもある秋子は、格好のトロフィー・ワイフだったのだろう。学ばせ、就職させたのも、「そのような女」を所有している己に満足するためだった。

一方、秋子は秋子で、かなりプライドの高い女だった。自分を人として尊重せず、よその女にうつつを抜かす男を愛し切ることはできなかったのだろう。

秋子は美しく、賢く、人から称賛されることに慣れていた。同僚だった木佐木勝はそんな秋子を高慢ちきな女として嫌い抜いたが、社内ではどんな難しい作家からでも原稿を取ってくる有能な編集者として重宝がられていた。ご多分に漏れず色仕掛け云々を噂されたようだが、仕事のできる美女には今でもつきものの中傷だ。内心はともかく、外面では歯牙にも引っ掛けぬそぶりだったようだ。

「中央公論社の女王」と噂されるほど自信に満ちた大輪の花。

それが秋子のパブリック・イメージである。

しかし、内実は違ったらしい。

唯一心を許した親友の石本静枝は秋子がしばしば死んだ母を思って泣き崩れ、自殺願望を口にしていたと証言している。暗い出生の秘密と不誠実な夫の遊蕩は、秋子にとって強いコンプレックスの源であり、常に心を傷つけてくる刃となっていた。

そんな彼女の目に、武郎は「最後の救い」として映ったのかもしれない。

以下は、数少ない資料から私が推測した内容だ。

武郎研究は膨大にあるが、秋子研究は管見ではほとんどない。資料は当時のマスコミが報道した噂話や、事件を特集した雑誌に載った各方面からの追悼文ぐらいなのだが、その多くはなにかしら悪意を含む、もしくは必要以上に無関心を装う物言いになっている。

さらに、秋子が直接書いたものとなると、わずかな署名（ただし筆名）記事と遺書ぐらいしかない。これでは研究のしようもないのだろう。

そうしたことを頭に入れた上で読み解くと、三十歳を目前にした秋子が美貌の衰えに強い恐れを抱いていたのはまぎれもない事実のようだ。

死の直前、疲れた表情を見せるようになっていた秋子が、急に娘っこのように派手な格好をし始めたとする証言が複数ある。

三十歳といえば今でも女性にとっては最初の大台だが、大正など「はたちを過ぎれば年増」の時代だ。若さと美しさを武器にしてきた女が感じた焦燥感は察するに余りある。

秋子は才女で、人あしらいもよく、英語にも堪能だった。それだけで身過ぎ世過ぎは十分なはずである。だが、なまじ銀座を歩けば誰もが振り返るほどの美女だったことが、実力を隠してしまったのだろう。本人でさえ真の自分を見損なっていた。能力より美貌をアイデンティティにしてしまったのだ。

事件翌年、中央公論社で開催された新年会の様子を、木佐木は次のように書いた。

> 去年の新年会には波多野秋子女史がけばけばしい派手な装いで出席して人目をひいたが、今年は秋子女史のあとに入社したI女史が『婦人公論』の席に地味な和服姿で坐っていたのが目についた。(中略) I女史なら、問題を起こすようなこともないし、自分なども秋子女史のように反感を起こさせられないで済むように思った。しかし、秋子女史は宴会の席上ではたしかに紅一点だったたし、席上に一種の華やかな雰囲気をかもし出す点では、I女史とは比較にならなかった。(中略) 今日の宴会の席上にI女史を見た瞬間、やはり秋子女史の存在意義はこういう場所では重要であったことを悟った。
>
> (中央公論新社刊『木佐木日記』下巻　大正十三年一月七日の記述より引用)

これでも秋子を悼んでいるつもりだろうが、女性差別に満ちたなんとも呆れ返る記述だ。とはいえ、木佐木を責めることはできまい。なにせ時は大正だ。女性に対する視線など、こんなものだったのだろう。百年ほど経つ今でさえ、職場の女性に対してこの程度の見方しかしない者はごまんといるのだから。

職業婦人が珍獣に近い存在だった時代、どれだけ能力を発揮しても正当には評価されず、花としてのみもてはやされる自分。しかし、もう間もなく花は散る。教養は夫から与えられたもので、持って生まれた才覚には誰も重きを置いてくれない。

そんな状況で「若さと美」に固執せざるを得なかった秋子の心情を思うと、本当に胸が痛む。若作りする女は自分を知らないのではない。むしろ嫌というほど知っているから、時を止めようと必死になるのだ。

秋子の女王然たる態度は徐々にエキセントリックなものになっていった。秋子が武郎と面識を得たのは二十八歳前後とみられるのだが、その時期に武郎は「美貌の婦人記者が僕を誘惑にくるんだよ。滑稽じゃないか」と周囲に話していたという。

しかし、交流を重ねるうちに、武郎の心情は変化していく。面食いのことだから、最初は美貌に心捉えられたのかもしれない。とはいえ、ただ美しいだけの女ならいつもの恋愛ごっこで済んだだろう。

ところが、秋子の内面には、ぱっと見の華やかさとは正反対の埋めがたい虚無と破滅願望があった。武郎はそこに共鳴したのではなかったか。

惜しみなく奪われた愛と命

武郎に迫る死の影を、彼の著作の中に見出すのはまったく難しいことではない。

運命は現象を支配する、丁度物体が影を支配するように。現象によって暗示される運命の目論見は「死」だ。何となればあらゆる現象の窮極する所は死滅だからである。

人間の生活とは畢竟水に溺れて一片の藁にすがろうとする空しいはかない努力ではないのか。

運命が冷酷なものなら、運命を圧倒してその先きまわりをする唯一つの道は、人がその本能の生の執着を育てて「大死」を早める事によって、運命を出し抜く外にはない。

（「運命と人」より）

情死への道筋も読み取れる。

緩慢な、回顧的な生活にのみ囲繞されている地上の生活に於いて、私はその最も純粋に近い現れを、相愛の極、健全な愛人の間に結ばれる抱擁に於いて見出すことが出来ると思う。彼らの床に近づく前に道徳知識の世界は影を隠してしまう。二人の男女は全く愛の本能の化身となる。その時彼等は彼等の隣人を顧みない。彼等の生死を慮らない。二人は単に愛のしるしを与えることと受け取ることにのみ燃える。しかして忘我的な、苦痛にまでの有頂天、それは極度に緊張された愛の遊戯である。その外に何者でもない。

私の愛は私自身の外に他の対象を求めはしない。私の個性はかくして成長と完成との道程に急ぐ。然らば私はどうしてその成長と完成とを成就するか。それは奪うことによってである。

愛が完うせられた時に死ぬ、即ち個性がその拡充性をなし遂げてなお余りある時に肉体を破る、それを定命の死といわないで何所に正しい定命の死があろう。

（「惜しみなく愛は奪ふ」より）


一九一九年まで順調だった武郎の創作活動は、二十年後半になって急ブレーキがかかった。創作力の減退を本人が感じるようになったのだ。それはつまり理想主義者・有島武郎の行き詰まりであった。

武郎は、自然主義文学が抱える自己憐憫や自己欺瞞を超え、それを内包した上での理想主義を貫こうとしていた。しかし、我が身をブルジョア階級に置く以上、どれだけ真剣に拳を振り上げても所詮は有閑階級の戯言としか受け取られない。その現実に耐えられるほど、武郎は厚顔ではなかった。この一点において、武郎は確かに稀に見る「純粋の人」だったといえる。

理想と現実の狭間に苦しむ姿を人に見せる行為そのものが偽善者と罵られる要件になるのは承知の上で、武郎は心情を吐露し、社会主義周辺の人々を批判し、とうとう自ら財産を手放すことを決心する。

一九二二年にはニセコの農場を小作人に開放し、共同農場にしてしまった。無産階級を搾取することなく、筆一本で生きる。そんな理想型に自分をはめ込んだのだ。しかし、ここでもやはり隙間と余りが生まれた。一世一代の決心への母をはじめとした親族たちの反対、創作力が衰える中での将来への不安、理想通りには進まない小作人との関係構築……。

埋めがたいギャップに、死という甘い毒を携えた秋子がすっと滑り込んだ。

この先どんな運命が来るかわからない。この頃は何だか命がけの恋人でも得て熱い喜びの中に死んでしまうのが一番いい事のように思われたりする。少し心が狂いだしているのかなと自分でも思うが。

（一九二三年二月二十五日　叢文閣社主足助素一への書簡）

二人は、愛人関係になった。さして間を置くことなく、道ならぬ恋は秋子の夫・春房の知るところとなり、春房は罠にはめるような形で間男の現場を取り押さえた。一度は別れると約束した二人だったが、結局は離れられず、再び関係を結んだ。また、春房にバレた。

春房は武郎にこう言った。

「この女はくれてやる。だが金をかけて育てた女だ。代価をよこせ。払わなければ警察に突き出す。もっとも、たとえ払ったところで死ぬまでタカってやるがな」

武郎は拒否した。金を惜しんだのではない。愛する女を金に代えることなどできない。そんなことをするぐらいなら警察に出頭すると断言したのだ。

春房はうろたえた。

彼は極めて俗な男だ。だから、一生タカってやると言えば武郎が怖気づくと考えたのだろう。そして、金が払われたら、言行の不一致を大いに罵って武郎の心を蹂躙する腹積もりだったのかもしれない。いずれにせよ、まさか命を賭してまで理想を貫こうとする者が現実にいようとは想像もしなかったのだろう。理想なき人間は、理想を語る人間を舐めてかかるものだから。

膝詰め談判は物別れに終わった。武郎は警察に行くと言って譲らなかった。最後は春房も半ばだめにかかっていたという証言もある。

とにかく、この時点で死への道行きは決まったようなものだった。

絶望的な状況だ。

社会の良心ポジションにいる男が姦通を犯したと知れれば、世間はどういうだろう。恥辱は自分だけでなく、家族にも降りかかる。有島家はいわゆる「華麗なる一族」だ。手ぐすね引いてスキャンダルを待ち望んでいる連中も少なくなかっただろう。

だが、思うに、この時の武郎はさほど絶望を感じなかったのではあるまいか。むしろ、格好の死の舞台が用意されたことに、一種の喜びを感じたのではないかという気がする。

なにせ、最後に身を投じるべき「理想」が向こうからやってきてくれたのだから。

愛に殉ずる。なんと美しい言葉だろうか。

武郎にとって最後の恋は、短期決戦でなければならなかった。なぜなら、自身理解していたからだ。狂おしいほどの秋子への想いもいずれは冷める、と。これまでのすべての恋がそうであったように。

死の旅路に出るその日の午前、武郎は彼のアシスタントのような立場にいた足助素一《あすけそいち》という人物に会っている。秋子も同席した。死の決意を語る武郎を足助は必死に説得し、秋子に対しても「この人には三人の幼い子がいるのだ！」と翻意を懇願した。

だが、もうこの時、武郎と秋子は完全に二人だけの世界に閉じこもってしまっていた。すでにどんな言葉も届かなかった。秋子はただ武郎だけを見つめ、「二人でわかってさえいればいいのね」とつぶやいたという。

きっと、秋子は嬉しかったんだろうな。

「お前は金には代えられない」と言ってもらえて。

大正十二（一九二三）年六月八日の夜。武郎四十五歳、秋子三十歳。

二人は列車で軽井沢に向かい、雨のそぼ降る中、死に場所となった別荘にたどり着いた。そして、数通の遺書と辞世の歌をしたため、首をつって命を絶った。

もし私が愛するものを凡て奪い取り、愛せられるものが私を凡て奪い取るに至れば、その時に二人は一人だ。そこにはもう奪うべき何物もなく、奪わるべき何者もない。

（「惜しみなく愛は奪ふ」より）

姿を消した二人を関係者は必死になって捜した。しかし、見つかったのは失踪から一月も経った後だった。折しも梅雨時、二人の遺体は虫にたかられ、一見どちらがどちらかわからぬほど腐乱していたという。

愛の前に死がかくまで無力なものだとはこの瞬間まで思わなかった。

恐らく私たちの死骸は腐爛して発見されるだろう。

（足助素一への遺書より）

ようやく理想通りにことが運んだ現実に、武郎は生まれて初めて本物の満足を得ることができたのかもしれない。

BUNGO NO SHINIZAMA

芥川龍之介

RYUNOSUKE AKUTAGAWA

文壇アイドルの
先駆的「死」

芥川龍之介（あくたがわ・りゅうのすけ）

小説家。明治25（1892）年、東京生まれ。昭和2（1927）年、東京で睡眠薬による自死を果たす。享年35。代表作に『羅生門』『鼻』『地獄変』など。

岡本かの子の出世作『鶴は病みき』は死の五年ほど前の芥川をモデルにしている
また崇拝客に囲まれているわ
別荘地で隣室を借りひと月過ごしたという
ある晩かの子は庭で芥川と語り合う
あなたには隅田川の歌がありませんでしたか
ええ ずっと子供のうちは下町でしたの
僕なんか本所のどぶに浮いた泡のようなもんです
星を見ながらそんなこと考えていらしたんですか
直《じ》きぶくぶくと消えていきそうですよ
ただ仕事を残すことで死後の自分とつながる
そんなことを話していると涼み台に横たわる芥川の顔がデスマスクのように見え
とにかくお体を大事になさいまし
とがった鼻先から見る見る白骨に化していくのではないかと思われてぞっとした

「何か僕の将来に対する唯ぼんやりした不安である」

この有名な言葉を遺して芥川龍之介が自死したのは、昭和二（一九二七）年七月二十四日のことだ。

芥川については今更くどくどした説明は不要だろう。日本近代文学史上数多並ぶ才能の中で一際輝く大スターであり、死後百年近く経った今でもその名を知らぬ者はまずいない。宮沢賢治や石川啄木と違い、生前からすでに人気を博しており、とりわけ文学を志す青少年にとっては眩しいほどのアイドル、まさに「現代文学」のアイコンであった。

だから、その早すぎる死に世間は驚愕した。

しかし、家族や友人知人たちは驚かなかった。芥川が強い希死念慮《きしねんりょ》を持っている――要するにとにかく死にたがっていることは周知の事実だったからである。

僕はこの二年ばかりの間は死ぬことばかり考えつづけた。

（「或旧友へ送る手記」より）

考えていただけではない。態度にも表していたし、しばしば口に出し、試行もした。さらに、死を念ずるに至るまでの経緯を作品化さえしている。ここまで「死の予告」を徹底した人は珍しいかもしれない。

よって、周囲の人間はなんとかして自死を防ごうとやっきになったし、とりわけ妻である文《ふみ》は幼い子供三人を抱えながらも、懸命に夫を支えようとした。

だが、生に倦《う》み疲れた芥川にとっては、妻の心遣いさえ気を滅入らせる一因にしかならなかった。

では、なぜ芥川はそこまで追い詰められていったのだろうか。

その原因については、過去様々に語られている。私が今さら云々するのは屋上屋《おく》を架すに等しいことなのは承知の上で、あえて取り上げてみたい。

なぜなら、芥川の自死は、優れた才能を持ちつつも性格は極めて常識的だった人間が、たまさかスターになってしまったがゆえに陥った穽《おとしあな》であるように感じるからだ。

そして、アンディ・ウォーホールが「将来には誰もが十五分は世界的有名人になれるだろう」と予言した二十世紀を経て、本当に誰もがちょっとしたきっかけでスターになるネット社会の今、文学的天才で世俗的凡人だった彼の死の経緯を現代視点で改めて見直すのは意義あることだろうと思うのだ。

ゆえに、あえて過去に書かれた芥川論は参照しないことにした。本書で取り上げている他の作家の場合、本人の作品はもちろんのこと、同時代の人々が書き残した人物像や後代の研究成果を参考にして、できるだけ「立体的」にその死を眺めるよう努めている。だが、芥川に限っては本人の著述だけを頼りに考えてみたいのだ。

正直、芥川は大スターだけあって、あれこれ雑音が多すぎる。それらすべてを傾聴していては、一番聞きたい声が聞こえなくなってしまう気がする。よって、本人の遺した言葉だけに耳を澄ましてみることにした。

ただし、芥川は作家としては老獪《ろうかい》な人である。「僕は何ごとも正直に書かなければならぬ義務を持っている」（「或旧友へ送る手記」より）と言いつつも、やはり隠していることはあるだろう。また、人間得てして己の背中は見えないものだ。いかに芥川とて、そこは常人と変わりあるまい。そこで、晩年の文が語り下ろした『追想　芥川龍之介』のみ例外として参考にすることにした。

え？　読んでも尽きせぬ資料や論文に当たるのが面倒になっただけだろう、って？　嫌だなあ、人聞きの悪い。そんなことありませんよ。嘘じゃありません。私は何ごとも正直に書かなければならぬ義務を持っていますから！

死へのロードマップ

さて、芥川の「遺書」として有名なのは、先にも引用した「或旧友へ送る手記」だが、もっとプライベートな遺書も遺している。表題はずばり「遺書」、宛て名は妻・文だ。

「或旧友へ送る手記」は「誰もまだ自殺者自身の心理をありのままに書いたものはない。それは自殺者の自尊心や或は彼自身に対する心理的興味の不足によるものであろう」と大上段な一文で始まっているが、「遺書」は「僕等人間は一事件の為に容易に自殺などするものではない。僕は過去の生活の総決算の為に自殺するのである」と幾分内面を前に出している。とはいえ、この初っ端の一文、近頃流行りの表現を使うなら「主語が大きい」のは否めない。自殺は「僕」の個性ゆえに引き起こされたものではなく、「人間」の特性であるがゆえに起こると言わんばかりの文章である。実際、芥川にとっての自殺は、何年もかけた理論武装が必要な大仕事だった。

管見によれば、生前に公にされた随筆やアフォリズム集の中で、自殺についての思いを具体的に述べた嚆矢《こうし》は、「侏儒の言葉」の「人生――石黒定一君に――」という一文である。

「侏儒の言葉」は大正十二（一九二三）年に創刊した「文藝春秋」誌の巻頭を飾る連載として発表されたもので、芥川の機智と人生観がよく表れた箴言集だ。自身は『侏儒の言葉』は必ずしもわたしの思想を伝えるものではない。唯わたしの思想の変化を時々窺わせるのに過ぎぬものである」と定義している。

その中で、石黒定一[注1]という友人に向け、人生の生きづらさについて語りかけた一文に自殺話が出てくるのだ。


もし游泳を学ばないものに泳げと命ずるものがあれば、何人も無理だと思うであろう。もし又ランニングを学ばないものに駈けろと命ずるものがあれば、やはり理不尽だと思わざるを得ない。しかし我我は生まれた時から、こう云う莫迦げた命令を負わされているのも同じことである。

我我は母の胎内にいた時、人生に処する道を学んだであろうか？　しかも胎内を離れるが早いか、兎に角大きい競技場に似た人生の中に踏み入るのである。勿論游泳を学ばないものは満足に泳げる理窟はない。同様にランニングを学ばないものは大抵人後に落ちそうである。する

と我我も創痍を負わずに人生の競技場を出られる筈はない。(中略)

人生は狂人の主催に成ったオリムピック大会に似たものである。我我は人生と闘いながら、人生と闘うことを学ばねばならぬ。こう云うゲエムの莫迦莫迦しさに憤慨を禁じ得ないものはさっさと埒外に歩み去るが好い。自殺も亦確かに一便法である。しかし人生の競技場に踏み止まりたいと思うものは創痍を恐れずに闘わなければならぬ。

どうだろう。私なんぞは「やっぱりうまいこと言わはるわ～」と感心するばかりだが、まあそれは横に置いといて、この時点、つまり死の四年前には「人生の競技場に踏み止ま」るために闘う気概はあったようである。もちろん、友に贈った言葉だから自分は適用外なのかもしれない。だが、少なくとも「闘わなければならぬ」と言葉にできるほどの気力はまだ残っていたわけだ。

しかしながら、ほぼ一年後の大正十三(一九二四)年七月に掲載された「神」という項では、少々雲行きが怪しくなってくる。

あらゆる神の属性中、最も神の為に同情するのは神には自殺の出来ないことである。

注1：石黒定一
三菱銀行上海支店に勤務していた実業家。大正十年の中国旅行中に知り合った。別名・政吉。

一方便に過ぎなかった自殺が、少なくとも芥川にとっては「埒外《らちがい》に歩み去る」ための良き手段として心に根付き始めたニュアンスが伝わってくる。自殺もまた良しと考えていなければ、「同情」なる言葉を選ぶはずがない。

そして、生前発表されなかった遺稿分にはずばり「自殺」について書いた項が現れるのだが、ここまでくると自殺は完全に「我が事」となっている。

自殺

万人に共通した唯一の感情は死に対する恐怖である。道徳的に自殺の不評判であるのは必ずしも偶然ではないかも知れない。

又

自殺に対するモンテェエヌ[注2]の弁護は幾多の真理を含んでいる。自殺しないものはしないのではない。自殺することの出来ないのである。

又

死にたければいつでも死ねるからね。

ではためしにやって見給え。

そして、決定的なのが「死」の項だ。

死
マインレンデル[注3]は頗《すこぶ》る正確に死の魅力を記述している。実際我我は何かの拍子に死の魅力を感じたが最後、容易にその圏外に逃れることは出来ない。のみならず同心円をめぐるようにじりじり死の前へ歩み寄るのである。

芥川自身は死の二年ほど前から自殺を考え始めたとしているが、実際にはもう少し早くから眼前に「死」がちらつき始め、本格的に囚われたのが大正十四年あたりからということなのだろう。その頃から自死への渇望が「同心円をめぐるように」じりじり迫りだしたわけだ。

注2：モンテェエヌ
ミシェル・ド・モンテーニュ［Michel Eyquem de Montaigne］（一五三三～一五九二年）。フランス・ルネサンス期の哲学者、モラリスト。著書『随想録』に自殺について触れている項がある。「死にたければいつでも死ねるからね。ではためしにやって見給え。」の一文はここからの連想だろう。

注3：マインレンデル
フィリップ・マインレンダー［Philipp Mainländer］（一八四一～一八七六年）。ドイツの詩人、哲学者。著書『救済の哲学』［Die philosophie der Erlosung］で、厭世主義者として人生の価値を全否定している。彼もまた、神経衰弱から狂気に陥り、三十四歳で自死した。

腐ったファム・ファタルと至高の女神

晩年、心身ともに病み苦しんだ芥川だが、蟻の一穴になったのは大正十（一九二一）年の中国旅行だったと言われている。

三月に大阪毎日新聞からの依頼で中国視察の特派員として大陸に渡ることになるも、途中風邪のために一週間ほど大阪で足止めになったのがケチのつき始め。上陸早々上海で乾性肋膜炎を発症して三週間入院する羽目になった。もともと神経の細い芥川が、異国の地で病を得てどれほど心細い思いをしたか想像に難くない。

その時の心情は帰国後に書いた「上海遊記」で読むことができる。

それでも七度五分程の熱が、容易にとれないとなって見ると、不安は依然として不安だった。どうかすると真っ昼間でも、じっと横になってはいられない程、急に死ぬ事が怖くなりなぞした。

自殺間際の時期の文章に比べると随分と素直だし、きちんと死を恐れている。他の文章も、まだまだ芥川らしい機智と軽みが横溢している。

しかし、これ以降、芥川は完治することのない体調不良に死ぬまで悩むことになった。病名は胃痙攣、腸カタル、ピリン疹、心悸亢進《しんきこうしん》など様々あるのだが、結局のところ神経性疾患をいくつも併発していたようだ。芥川の代名詞ともいうべき「神経衰弱」が嵩じて、主に消化器官への影響や不眠といった身体症状が出ていたのである。薬害もあった。

では、なにが芥川の精神をここまで追いやったのか。

その答えとして、芥川は妻への遺書にこう書いている。

中でも大事件だったのは僕が二十九歳の時に秀夫人と罪を犯したことである。僕は罪を犯したことに良心の呵責は感じていない。唯相手を選ばなかった為に（秀夫人の利己主義や動物的本能は実に甚しいものである。）僕の生存に不利を生じたことを少からず後悔している。（中略）

P.S. 僕は支那へ旅行するのを機会にやっと秀夫人の手を脱した。（中略）その後は一指も触れたことはない。が、執拗に追いかけられるのには常に迷惑を感じていた。

は？　女？　女なんですか？？？

そう、本人の弁によると、彼の神経を痛めつけたのは秀夫人なる浮気相手だというのだ。

また女の話かよ、文豪ってほんとどーしよーもねーなとうんざりしないでもないが、とりあえず秀夫人を知らねば彼の死に様もわかるまい。本人がそう言っているんだから。

というわけで、仕方ないので調べてみた。

名は秀しげ子。旧姓小瀧。明治二十三（一八九〇）年の生まれだから、芥川より二歳年上だ。生地は神田区錦町というバリバリの都会っ子で、父は金融業を営み、母は元芸妓だったという。有島の情死相手である波多野秋子を彷彿させるプロフィールだ。ちなみに秋子は一八九三年の生まれなので、当時こういう両親を持つ子は珍しくなかったのかもしれない。

長じては日本女子大学校（現在の日本女子大学）に進み、二十二歳で卒業したその年に電気技師の秀文逸と結婚した。結婚二年後には最初の子をもうけたが家庭の主婦に収まることはなく、歌人、そして「新しい女」の一人として盛んに歌誌や女性誌に寄稿をしている。なかなかの才女であったらしい。

残された写真を見ると、お雛様のような顔をした一見おしとやかタイプの女性だ。とはいえ、秋子や太宰治の心中相手である山崎富榮に比べると、目立つ美貌というわけではない（興味がある向きは山崎富榮の画像検索をしてみるとよい。女優顔負けの美女がそこに現れるであろう）。

おそらく芥川は「才女としてのしげ子」に興味を持った。芥川は女性に知性を求め、「対等な関係」を望んでいた。日本人男性としてはまっこと珍しいと言うしかないのだが、これが彼を妻以外の女に走らせる要因となった。

妻の文は女学校を出ていて、決して無学な女ではない。それに、鈍い方でもなかった。むしろ勘働きの冴えた、豊かな感性を持つ女性だったようだ。芸術を理解するだけの教養もあった。

しかし、時代の価値観に逆らうほどの雄々しさはなく、女学校を卒業して即嫁いだ後は、「芥川家の嫁」としての役割を忠実に果たした。こうした彼女の態度は、芥川には好ましくも物足りなく感じられたのだろう。『追想　芥川龍之介』に、芥川が文に対して「文子は芥川家のお嫁さんだよ」と言ったとする記述がある。

僕のお嫁さんではなく、家のお嫁さん。

近代的自我を文学テーマとしてきた男の歯がゆさが、この言葉からは感じられる。

もっとも、文と結婚する前は「近頃のえらい女にならず、自然天然のままいらっしゃい」などと書いた恋文を送っているので、文との飽き足らない生活がむしろ「近頃のえらい女」に興味を抱くきっかけとなったのかもしれない。いずれにせよ、まだ元気があった頃には「支えてくれる女」より「互角に渡り合う女」の方がはるかに魅力的に映ったのだ。

その好例が芥川をして「才力の上にも格闘できる女性」と言わしめた片山廣子である。歌人であり、翻訳家でもあった廣子は、英語力では芥川を遥かにしのぎ、教養も知性も感性も高いレベルで持ち合わせるスーパーウーマンだった。

芥川は十四歳も年上の廣子に強い恋心を感じながらも、一線を越えることはなかった。その判断には当然、しげ子との、芥川が一方的に泥沼と感じていた関係への反省があっただろうし、それ以上に廣子への尊敬心がラブ・アフェアの相手とすることをためらわせたのだろう。ちなみにこの時、廣子はすでに夫を亡くしており、ガチのダブル不倫だったしげ子よりは若干なりとて心の負担は軽かったはずだ。しかし、バレれば大スキャンダルになるのは必至で、年上未亡人の廣子が強いバッシングを受けることは容易に想像できる。不倫騒動はいつだって女がより激しく叩かれる。跪く思いで愛する女性を、そんな危険に晒すわけにはいかなかったのだろう。

余談になるが、『追想　芥川龍之介』において、文が妻としてほのかな敵意を見せるのは片山廣子ただ一人だ。しげ子や、後に芥川と心中未遂をしでかす平松麻素子に関しては、むしろ「正妻の余裕」とも感じられる態度を取っているのに、ひとり廣子にだけは鋭い切っ先を向けている。蛇蝎《だかつ》のごとく嫌われていたしげ子、単に利用されたに過ぎない麻素子など屁でもないが、芥川が真剣に恋をし、「むらぎものわがこころ知る人の恋しも」とまで詠んだ人には思うところも多かったのだろう。

なにせ、「三つのなぜ」という作品中の「なぜソロモンはシバの女王とたった一度しか会わなかったか？」という章で、芥川はこんなことを書いているのだ。

シバの女王は美人ではなかった。のみならず彼よりも年をとっていた。しかし珍しい才女だった。ソロモンはかの女と問答をするたびに彼の心の飛躍するのを感じた。それはどういう魔術師と星占いの秘密を論じ合う時でも感じたことのない喜びだった。彼は二度でも三度でも、——或は一生の間でもあの威厳のあるシバの女王と話していたいのに違いなかった。（中略）ソロモンはモアブ人、アンモニ人、エドミ人、シドン人、ヘテ人等の妃たちを蓄えていた。が、彼女等は何といっても彼の精神的奴隷だった。ソロモンは彼女等を愛撫する時でも、ひそかに彼女等を軽蔑していた。しかしシバの女王だけは時には反って彼自身を彼女の奴隷にしかねなかった。

ソロモンは彼女の奴隷になることを恐れていたのに違いなかった。しかし又一面には喜んでいたのにも違いなかった。この矛盾はいつもソロモンには名状の出来ぬ苦痛だった。彼は純金の獅子を立てた、大きい象牙の玉座の上に度々太い息を洩らした。その息は又何かの拍子に一篇の抒情詩に変ることもあった。


もちろんソロモンは芥川で、シバの女王は廣子。

そして、自分は蓄えられた妃の一人。

愛されても軽蔑される存在。

私が文の立場なら「死にたいのはこっちだよ!」と叫びたくなるだろう。いや、叫ぶ。

誇り高い夫に「奴隷になりたい」と思わせる女、夫の中の不可侵領域に腰を下ろし「惜しむは君が名のみとよ」と詠ませるほどの崇拝を勝ち取った女に対して、嫉妬するなという方が無理だ。女にとって、愛する人の心に女神として君臨する女ほど、憎くてやるせない相手はいない。

閑話休題。

神聖なる女神だった廣子に比べ、しげ子はもっと肉体的と言おうか、人間的な態度で芥川に接し、ある種の獣性を容赦なく振るった。

ある種の獣性とは、マーキング欲である。つまり「この男は私のもの」と誇示する振る舞いだ。それをしげ子は延々と続けた。「遺書」にあった通り、しげ子とは大正十年の中国旅行を境に愛人関係を解消した。と、少なくとも芥川は思っていたし、実際その体には触れなくなった(らしい)。

しかし、しげ子は芥川につきまとった。

「或阿呆の一生」の「三十八　復讐」に、このような一節がある。

それは木の芽の中にある或ホテルの露台だった。彼はそこに画を描きながら、一人の少年を遊ばせていた。七年前に絶縁した狂人の娘の一人息子を。

狂人の娘は巻煙草に火をつけ、彼等の遊ぶのを眺めていた。彼は重苦しい心もちの中に汽車や飛行機を描きつづけた。少年は幸いにも彼の子ではなかった。が、彼を「おじさん」と呼ぶのは彼には何よりも苦しかった。

少年のどこかへ行った後、狂人の娘は巻煙草を吸いながら、媚びるように彼に話しかけた。

「あの子はあなたに似ていやしない?」

「似ていません。第一……」

「だって胎教と云うこともあるでしょう。」

彼は黙って目を反らした。が、彼の心の底にはこう云う彼女を絞め殺したい、残虐な欲望さえない訣《わけ》ではなかった。

狂人の娘とは即ちしげ子のことで、「或阿呆の一生」にたびたびこの名称で登場する。芥川は、その中で当初「対等な才女」だと思っていたしげ子が、実は「動物的本能ばかり強い」女であることを知り、早々に愛想が尽きていたばかりか憎悪さえ感じていたこと、関係を断った時には「幸運」とさえ感じたことなどを綴った。

確かに、しげ子は尋常ではなかった。夫持ちの愛人の分際で、堂々と芥川家に出入りしていたのだ。一時期は面会日である日曜日ごとに現れたという。別れてからも、頻度こそ少なくなったものの、平気で姿を見せた。時には右のように子連れで。また、療養先である神奈川県の鵠沼《くげぬま》にも見舞いと称して訪問してきたと文の追想録にある。たいした心臓である。

どこまでも無神経な振る舞いを続けるしげ子に、芥川はほとほと嫌気が差していた。しかもしげ子は、嫌がらせでやっているのではない、ただ会いたいから会いに来たと言わんばかりなのである。

芥川の没後、文は思わぬ場所でしげ子と遭遇した。芥川の次男である多加志が入学した小学校に、なんとしげ子の子も入学したのだ。入学式の後、文に声をかけたしげ子は、「発表されました先生の遺稿を拝見いたしましたが、私があんなに先生を苦しめていましたことなど、ちっとも知りませんでした……」と宣ったそうだ。

やはり、たいした心臓というしかない。これにはさすがの文も一言皮肉で答えたらしいが、それに何かを感じるような人ではなかったと回想している。

結局のところ、才女であるはずのしげ子は、鈍感さにおいてのみ並外れていた。

それが、人一倍神経質な芥川を苦しめた。

芥川は基本的に、小市民的倫理観から大きく外れることをしなかった、また、できなかった人である。だからこそ、作品において倫理を突き詰めることができたのだが、実生活で乱倫の人と思われるのは苦痛でしかなかった。

とりわけ、彼が老人たちと呼んだ養父母と育ての親である伯母・フキに「悪い子」「駄目な子」と思われるのは絶対に避けなければならなかった。愛人が家族の目に入るなど、本来あってはならぬことなのだ。しかし、しげ子は軽々しく一線を越えてくる。自分がどれほど嫌がろうと意にも介さず。

芥川は「河童」で雌に追いかけられてズタボロになる雄の河童を描いているが、あれはしげ子との関係を投影した自画像なのだろう。よって、遺書に書かれた通り、しげ子が芥川のか細い神経に相当なダメージを与えたのは嘘ではない、とは思う。

しかし、である。

しげ子との関係が、自死を決意させる理由の筆頭にあげるほどのものだったかどうか。それについては、私はどうにも疑問を抱かざるを得ない。

これには別の意図があったのではないか。つまり、あくまで「妻宛ての遺書」だったから、取り立ててしげ子を悪者に仕立てたのではないか。そんな気がするのである。

というのも、もう一つの原因として養父母の存在をあげているからだ。


僕は養家に人となり、我儘らしい我儘を言ったことはなかった。(と云うよりも寧ろ言い得なかったのである。僕はこの養父母に対する「孝行に似たもの」も後悔している。しかしこれも僕にとってはどうすることも出来なかったのである。)今僕が自殺するのは一生に一度の我儘かも知れない。

しげ子ほど直接的に糾弾してはいないが、芥川が養父母に対してどれほど気を使い、その圧力に耐えていたかを窺わせる内容だ。

文にとって、しげ子は夫の愛人、養父母は舅姑。どちらも目の上のたんこぶである。

事実、養父母と伯母のフキは若夫婦のやることに尽く口を出し、とりわけフキは逐一の行動報告を芥川にも文にも求めた。これがどれほどの重圧になっていたか。賢夫人の文は追想録でも直接的な不満を訴えてはいない。だが、ちょいちょい嫁いじめのエピソードを披露して苦しみが少なくなかったことを匂わせている。芥川に至っては著作で折に触れ婉曲に糾弾している。要するに、しげ子と伯母を含む養父母は、二人にとって共通する仮想敵のような対象だったのだ。

芥川は、文に飽き足らないまでも、配偶者としての愛情は感じていたし、彼なりに大事にしていた。最後の最後という時に、自死の原因を文にもわかりやすい「敵」に転嫁したのは、文が自責の念に駆られないで済むようにという夫としての愛情というか、責任感だったのかもしれない。プライベートの遺書であるにもかかわらず、冒頭の主語が大きいのもそのせいではないだろうか。

お前は悪くない。悪いのは俺とお前の両方を苦しめた、共通の敵だ。

それだけを強調するために「遺書」は書かれ、わかりやすい「理由」が語られたように思うのだ。

だが、そうならば、自殺の原因は他にあることになる。

常識を捨てられない天才

ここまではややプライベート寄りの「遺書」を中心に、芥川が遺した自死の「言い訳」を見てみた。

では、公表を意識して書いたであろう「或旧友へ送る手記」ではどうなっているだろうか。ちなみに「或旧友」とは第一高等学校時代からの友であり、第三次「新思潮」の創刊仲間である久米正雄を指すといわれている。他にも菊池寛や小穴隆一《おあなりゅういち》などの友人や家族親族に宛てた遺書を複数残している。いかにも心配性かつ八方美人の気性を感じさせるではないか。死を前にしてもあっちこっちに気を使うんだから、そりゃ神経衰弱にもなろうよ、というのが正直な感想だ。

さて、再度の引用になるが、「或旧友へ送る手記」は次のように始まる。

誰もまだ自殺者自身の心理をありのままに書いたものはない。それは自殺者の自尊心や或は彼自身に対する心理的興味の不足によるものであろう。僕は君に送る最後の手紙の中に、はっきりこの心理を伝えたいと思っている。

この手記が書かれたのは死の二ヶ月ほど前、他の友人向け遺書を書いたのとほぼ同時期とみられる。少なくとも平松麻素子との心中未遂を起こした四月七日以降であることは間違いない。

書中、まず表明されるのが、自分は作家としての自尊心や自身に対する心理的興味を失ってはいない、という点だ。失っていないから、ともに「はっきりこの心理を伝え」ることができるわけだ。

これはつまり、「私は文学的負け犬ではない」と宣言しているに等しい。人間心理に対する興味こそ、いわば文学者の核のようなものだからである。

しかし、内情といえば、大正十一（一九二二）年頃から続いた体調不良が執筆に深刻な悪影響を与えていた。

スランプの直接的な原因は薬物の過剰摂取だと思われる。睡眠薬に頼らなければ眠れないので量が増える一方だが、飲みすぎれば覚醒時にも影響が残る。頭がうまく働いてくれないのも道理だ。この問題を解決するには、適切な服薬管理と規則正しい生活の維持が不可欠だ。しかし、睡眠薬に頼らざるを得ないほどの不眠に陥る人間にそれを求めるのはほぼ不可能というもので、この状況は一度落ちたら中々這い出せない蟻地獄といえる。桑原々々。

いずれにせよ、書けない小説家のお先は真っ黒クロスケである。それでなくても扶養家族が多い芥川だ。筆一本で稼いで稼いで稼ぎまくらなければならないのに、体と心がついてこない。アイデアは浮かぶ。しかし、それを一つの作品にまとめ上げるのが前より困難になってきた。とはいえ、寡作な作家に比べたら十分な仕事量をこなしているのだが、そこはプライドの高い彼のこと、雑文売文は仕事にカウントしたくなかったのだろう。

そうこうしている間に、文学では新しい潮流が芽生え始めていた。

プロレタリア文学の勃興だ。

大杉栄が大正六年、『新しき世界の為めの新しき芸術』と題した檄文のような評論を発表したのに端を発し、大正デモクラシーの影響下にある一部インテリ間で盛り上がっていた「民衆芸術」が先鋭化、芸術による民衆の教化という上意下達ではなく、民衆そのものが芸術授受の主体であるべきだとする機運が高まっていったのだ。

そして、大正十年に小牧近江《こまきおうみ》らが同人雑誌「種蒔く人」を創刊したことでプラットフォームが提供されると、社会主義的な思想を持つ知識人や文学者が次々と論を発表し、既存の文学や芸術への批判を展開していった。

その矢面に立たされた一人に、芥川は含まれていた。彼らは芥川文学を高踏的・衒学的《げんがく》——つまり上から目線の嫌味な貴族趣味文学と断じ、あれこれ難癖をつけたのである。

しかし、実のところ、芥川自身はむしろプロレタリアートに近い中産下層階級の出身であり、また本人もそれを強く自覚していた。

たとえば自らをモデルにした小説「大導寺信輔の半生」では、出自についてこう書いている。

大導寺信輔の生まれたのは本所の回向院の近所だった。彼の記憶に残っているものに美しい町は一つもなかった。美しい家も一つもなかった。殊に彼の家のまわりは穴蔵大工だの駄菓子屋だの古道具屋だのばかりだった。それ等の家々に面した道も泥濘の絶えたことは一度もなかった。おまけに又その道の突き当りはお竹倉の大溝だった。南京藻の浮かんだ大溝はいつも悪臭を放っていた。彼は勿論こう言う町々に憂鬱を感ぜずにはいられなかった。しかし又、本所以外の町々は更に彼には不快だった。しもた家の多い山の手を始め小綺麗な商店の軒を並べた、江戸伝来の下町も何か彼を圧迫した。彼は本郷や日本橋よりも寧ろ寂しい本所を——回向院を、駒止め橋を、横網を、割り下水を、榛の木馬場を、お竹倉の大溝を愛した。それは或は愛よりも憐みに近いものだったかも知れない。が、憐みだったにもせよ、三十年後の今日さえ時々彼の夢に入るものは未だにそれ等の場所ばかりである

（「大導寺信輔の半生　一　本所」より）

信輔の家庭は貧しかった。尤も彼等の貧困は棟割長屋に雑居する下流階級の貧困ではなかった。が、体裁を繕う為により苦痛を受けなければならぬ中流下層階級の貧困だった。退職官吏だった、彼の父は多少の貯金の利子を除けば、一年に五百円の恩給に女中とも家族五人の口を餬して行かなければならなかった。その為には勿論節倹の上にも節倹を加えなければならなかった。（中略）

信輔はこの貧困を憎んだ。いや、今もなお当時の憎悪は彼の心の奥底に消し難い反響を残している。彼は本を買われなかった。夏期学校へも行かれなかった。新らしい外套も着られなかった。が、彼の友だちはいずれもそれ等を受用していた。

（「大導寺信輔の半生　三　貧困」より）

要するに、小牧近江のようなロマン・ロランかぶれのブルジョワぼっちゃんより、よほど下層階級と、そこに紙一重で隣接する階級の現実を知っていた――というよりも身に染み付いていたのである。

そんな人間が、己の才覚一つで、どうにかプチブル程度には成り上がった。

結果、生じたのは「社会的浮草」のような自分だった。

高い教育を受け、インテリゲンチャとしての自我を一度でも獲得してしまうと、もう無学な人々と同じ空気は吸っていられない。同時に、再びそこに転落してしまうことへの強い恐怖心が生じる。一方で、ドブの臭いに懐かしさを感じる体では、生まれついてのブルジョワジーに同化するのは到底無理。成金のような俗物は言うまでもなく論外である。

要するに、下層／中産下層階級出身のインテリ&プチブルというのは、どの階層にも所属しきれない、おっそろしく半端な生き物になってしまうのだ。

「大導寺信輔の半生」が書かれたのは大正十三年（発表は大正十四年一月）だが、この少し前、芥川は社会主義の文献を原著で読み漁っていたという。そして、プロレタリア文学にも接し、一部の作品は高く評価していた。似たような境遇の菊池寛がプロレタリア文学に対して鋭い対立姿勢を見せたのとは対象的だ。

しかし、最新の潮流上に新しい居場所を見出すことはできなかった。

先端だったはずの自分の文学も、いずれは時代に取り残されていくのかもしれない。

創作意欲の減退に悩む芥川にとって、これは文学者としてのレーゾン・デートルに関わるインシデントに感じられた……というより、必要以上に感じてしまったのが、自死への最初の門になったのではないだろうか。

自分が時代遅れになっていくという実感は、創作者にとって恐怖以外の何者でもない。とりわけ、一度でも「時代の寵児」を経験した者には一層残酷なものになる。

「或旧友へ送る手記」は附記として書かれた次の一文で終わる。

僕はエムペドクレスの伝を読み、みずから神としたい欲望の如何に古いものかを感じた。僕の手記は意識している限り、みずから神としないものである。いや、みずから大凡下の一人としているものである。君はあの菩提樹の下に「エトナのエムペドクレス」を論じ合った二十年前を覚えているであろう。僕はあの時代にはみずから神にしたい一人だった。

エムペドクレスとは紀元前五世紀頃に活躍した古代ギリシャの哲学者・エンペドクレスのことだ。エンペドクレスは万物の源を不生不滅の四元素である地水火風とし、それらが愛と憎の力によって四段階に流転し現出したのがこの世であると主張した。思想家としてのみならず、政治家や医師、さらには奇跡を起こす人としても活躍した多能な人物だったそうだが、最後は自ら神とならんがためにエトナ火山の火口に飛び込んで死んだとされている。

若き日の芥川は、自分も文学の神になりたいなあ、なれるかもしれないなあと考える程度に気概も野心もあったし、己の才を頼りにもしていた。だから、職業作家という火口に飛び込んだ。

しかし、火口の底にあったのは神の庭ではなかった。ただの現実社会だった。金を稼ぐには幅広く人々と交際しなければならなかったし、有名になるに従って名士として振る舞うよう求められた。いつも毀誉褒貶《きよほうへん》にさらされ、有名税も払わされた。文壇のいざこざにも巻き込まれた。近代的火遊びの相手からは思わぬ痛手を受けた。

そんなあれこれを前に右往左往するしかない自分。

文学の神だなんてとんでもない。自分とて生活に翻弄される大凡下《だいぼんげ》の一人にしか過ぎなかったのだ。

そんな自覚が芥川の内に起こったのは、三十歳を前にしてのことだったようである。しかし、その時はまだ大凡下なりにも時代のシンボル、最先端の文学者としては生きていけるはずだった。ところが、それすら危うくなるかもしれないと感じてしまった時、芥川の精神は死への point of no return を超えてしまったのではないかと思うのだ。

けれども、大正十五年にはまだ生活を立て直そうとする意志はあった。年間を通じて転地療養を繰り返し、死の誘惑にさらされながらも、これを退ける努力をした。秋に鵠沼で妻と末子の三人、親子水入らずの生活をしたことは思わぬ「生活の喜び」を芥川に与えたらしい。

だが、もう遅かった。幻覚や希死念慮は亢進し、薬物の大量摂取は養生どころか心身を痛めつける大きな要因となっていったのだ。

多事・多病・多憂

芥川の精神崩壊に追い打ちをかけたのが、経済的不安と仕事上のトラブルだった。

大正十五年十二月二十五日に大正天皇が崩御。一週間だけの昭和元年が明けた昭和二年一月四日。芥川家にも漂っていたであろうお屠蘇気分を吹き飛ばす事件が発生した。

龍之介の実姉・西川ヒサの家が半焼したのだ。さらに二日後、姉の夫である豊が千葉県の山武郡にある土気トンネル付近で列車に飛び込み、細切れ死体で見つかった。保険金目当ての放火を疑われての自殺だった。弁護士だった豊は数年前に偽証事件を起こして有罪となり、執行猶予中の身の上だった。そんな時、多額の火災保険をかけた直後に火が出たことで、疑いの目がかかったのである。

彼の姉の夫の自殺は俄かに彼を打ちのめした。

（「或阿呆の一生」より）

親族が衝撃的な死を遂げたからではない。思いがけず新たな扶養家族がのしかかってきたからだ。

彼は今度は姉の一家の面倒も見なければならなかった。彼の将来は少くとも彼には日の暮のように薄暗かった。

（「或阿呆の一生」より）

表向き、芥川は経済的余裕のある職業作家だった。しかし、妻と幼い子供三人に加え義父母と伯母を筆だけで食べさせていくのは容易なことではない。今は人気作家ゆえ、やれ講演だの揮毫《きごう》だのと副収入も少なくないが、それが永続的に続くとは限らない。それなのに負担ばかりが増えていく……。

芥川は常に「ちゃんとした人」であろうと鋭意努力してきた人だった。文章上こそ冷淡なニヒリストの顔を見せるが、実生活では封建的家父長制の中で定められた役割を忠実に果たしていたのだ。家父である以上、姉とその子たちの面倒を見ないという選択肢はなかった。だが、経済的不安感は何よりも心を蝕む。

さらに、義兄の死はもうひとつのインパクトを芥川の精神にもたらした。〝不気味な符号〟である。

それについて詳細に記述されているのが「歯車」――芥川の最高傑作との呼び声高い遺稿だ。書かれているのは、死への道程、とりわけ日常の些細な出来事に一々死神の影を見出さざるを得なかった最晩年の心象風景である。いや、心象風景と表現したら叱られるかもしれない。彼にとって、ここに綴ったことは紛れもない現実だったのだろう。

作品は、こんな風に始まる。

一　レエン・コオト

僕は或知り人の結婚披露式につらなる為に鞄を一つ下げたまま、東海道の或停車場へその奥の避暑地から自動車を飛ばした。自動車の走る道の両がわは大抵松ばかり茂っていた。上り列車に間に合うかどうかはかなり怪しいのに違いなかった。自動車には丁度僕の外に或理髪店の主人も乗り合せていた。彼は棗《なつめ》のようにまるまると肥った、短い顋髯《あごひげ》の持ち主だった。僕は時間を気にしながら、時々彼と話をした。

「妙なこともありますね。××さんの屋敷には昼間でも幽霊が出るって云うんですが。」

「昼間でもね。」

僕は冬の西日の当った向うの松山を眺めながら、善い加減に調子を合せていた。

「尤も天気の善い日には出ないそうです。一番多いのは雨のふる日だって云うんですが。」

「雨のふる日に濡れに来るんじゃないか?」

「御常談で。……しかしレエン・コオトを着た幽霊だって云うんです。」

自動車はラッパを鳴らしながら、或停車場へ横着けになった。僕は或理髪店の主人に別れ、停車場の中へはいって行った。すると果して上り列車は二三分前に出たばかりだった。待合室のベンチにはレエン・コオトを着た男が一人ぼんやり外を眺めていた。僕は今聞いたばかりの幽霊の話を思い出した。が、ちょっと苦笑したぎり、兎に角次の列車を待つ為に停車場前のカッフェへはいることにした。


長いが、冒頭の一節を丸々引用した。本節には以後延々繰り返される本作の構造が明確に示されているからだ。

本作では、まずは符号となる言葉が表れ、それが実体化し、そこに意味が付加されるパターンが繰り返される。

その最初の一手が「レエン・コオトを着た幽霊」で、そこから記号化する「レエン・コオト（レイン・コート）」は幽霊を介しているがゆえに「死」の直喩に近い暗喩になり、昼夜隔てずどこにでも現れることで死を常に意識させるメッセンジャーとして機能する。

最初の「レエン・コオト」は僕＝芥川が東京に帰る時に姿を見せる。つまり、これが死出の旅立ちを描く物語であることが示されているのだ。しかし、この時点での「僕」は、「レエン・コオト」にさほど深い意味を感じてはいない。

次に「レエン・コオト」が出てくるのは、汽車の次に乗り換えた省線[注4]の車両の中だ。偶然出会った友人と話をしていると、向かいの席にレエン・コオトを着た男が腰を下ろしたのだ。二度目の「レエン・コオト」に少し不気味さを感じるも、話をしているうちにいつの間にか男は姿を消していた。この最中に、タイトルにもなっている歯車の幻視が初めて描写される。非常に重要なジェットなのだが、ここではあえて触れず先に進みたい。

遅れて参加した知人の結婚披露式が終わり、僕はそのままホテルに投宿する。そして、安らぎのひと時を持とうとロビーに赴き、腰をおろした椅子の隣のソファの背に「レエン・コオト」が脱ぎかけてあるのを見つける。

三度目の遭遇に神経を圧迫された「僕」があわてて部屋に戻ったところ、義兄の死を告げる電話が入ってくるのだ。

そこへ突然鳴り出したのはベッドの側《わき》にある電話だった。僕は驚いて立ち上り、受話器を耳へやって返事をした。

「どなた？」

「あたしです。あたし……」

相手は僕の姉の娘だった。

「何だい？ どうかしたのかい？」

「ええ、あの大へんなことが起ったんです。ですから、……大へんなことが起ったもんですから、今叔母さんにも電話をかけたんです。」

「大へんなこと？」

「ええ、ですからすぐに来て下さい。すぐにですよ。」

（中略）

僕の姉の夫はその日の午後、東京から余り離れていない或田舎に轢死していた。しかも季節に縁のないレエン・コオトをひっかけていた。


「レエン・コオトの幽霊」の話を聞いたその日、季節外れのレイン・コートを着た義兄が死んだ。これによって「レエン・コオト」は死の象徴として「僕」の中にしっかりと根を下ろす。

関係妄想の始まりだ。関係妄想については、日本国語大辞典（精選版）の「自分の周囲で起こる、実際には自分と無関係ないろいろの出来事を、すべて自分に関係づける妄想」という説明がもっと

注4：省線《しょうせん》
戦前の鉄道省（今の国土交通省）の管理に属した鉄道線と、そこを走る電車の略称。

も端的でわかりやすいだろう。

義兄の死の発覚後も、「レエン・コオト」は二度現れる。

一度目は姉との会談を終えてから精神病院で診察を受けた直後、二度目は静養先の家に帰る途中。そして、「レエン・コオト」を見るたびに墓場や葬列といったわかりやすい死の徴《しるし》が目に飛び込んでくる。つまり、死神の目標は義兄から自分に移り変わったわけである。

「僕」の関係妄想は動物や色彩、数字にも広がっていく。偶然耳に入ったフレーズや目に留まった文言が、辻占の託宣のように思えてくる。意識の中で客観は完全に主観と地続きになって、世のすべてが自分の死を示唆するという妄想だけが真実になっていく。

「僕」の世界において偶然はなく、出来事のすべてが自分の運命に直結しているのだ。

これはある意味、自分が「世界の神」になった状態といえるだろう。世界のすべては自分のためにあるのだから。

狂気に陥ることで、「僕」は「世界の神」になっていく。しかし、それは死よりも恐ろしい末路だ。

唯一の安全地帯は、妻子がいる鵠沼の家だけだった。


やっと僕の家へ帰った後、僕は妻子や催眠薬の力により、二三日はかなり平和に暮らした。僕の二階は松林の上にかすかに海を覗かせていた。僕はこの二階の机に向かい、鳩の声を聞きながら、午前だけ仕事をすることにした。鳥は鳩や鴉の外に雀も縁側へ舞いこんだりした。それも亦僕には愉快だった。

死を告げるシンボルに満ちた外界と、唯一切り離された場所。だが、そこにも……。

名作文学でさえあらすじを最後まで書くと「ネタバレ」と叱られるご時世なので、ここで留めておく。

だが、未読ならばぜひ読んでいただきたい。

芥川が狂気を深めていくスイッチの役割を果たす「歯車」の描写（正体は脳の血管の収縮によって起こる閃輝暗点という視覚障害と見られている）、またラスト近くの、畳み掛けるような「死」の関係妄想が次々と現れるシーンなど、緊迫感あふれる筆致は極めて映像的かつモダンで、非常に読み応えがある。就中、ラストシーンは恐怖小説としても非の打ち所がない。

小説家として一枚も二枚も皮がむけた成果が、ここにある。

だが、その完成は死と引き換えだった。

というよりも、この作品を書くことで、芥川は自らの死を固定化してしまったのではないか。

ものを書く習慣があれば誰でも心当たりがあると思うが、自分の感情を文章に写すという行為には、発散と固定という二つの効果がある。ちょっとした鬱屈は、書くことで雲散霧消する。ところが、一度で発散しないからと何度も何度も繰り返し書き続けると、感情はより強固に固着していくのだ。

以下、少々本筋とは離れた話になるが、ちょっとお付き合いいただきたい。

人の意識や感情は記憶によって支えられている。つまり人間の総体即是記憶ともいえるわけだが、記憶の主幹はもちろん脳細胞であり、無茶苦茶雑に説明すると、記憶は脳内にある個々の細胞が神経ネットワークによって結び付けられたグループに蓄えられていて、このグループに電気信号が走ることで記憶が蘇る。

ところが、一度記憶が蘇った後は、その記憶を構成していたネットワークは一旦バラバラにされ、再度新たな細胞グループを作成した上で、そこに格納されるそうだ。つまり、記憶は形成↓使用↓解体↓再形成という過程を何度も繰り返しているのである。

なぜこんなしちめんどくさいことをやるのか、それはまだわかっていないそうだが、いずれにせよこの仕組みのおかげで記憶は鮮度を保てる一方、再形成時のエラーによって記憶改変が発生してしまうことがままあるらしい。

もし、このエラーが「記憶＝意識」をひたすら補強する方向に働いたらどうなるか。些末な記憶は適当に改竄され、死にたいという気持ちのみがどんどん増幅していく。結果、希死念慮が固くなっていくのではないかと私は思っている。

記憶、もしくは認識の曖昧さについては、芥川も自覚的だった。代表作である「藪の中」は事件の当事者たちが相互に異なる証言を繰り広げる様を描いている。「記憶」の曖昧さ、というか主観によってどうとでも変化するいい加減さは身に沁みていたのだろう。もっとも、この作品はしげ子が自分以外にも愛人を持っていたことにショックを受けて生まれたとも言われているが。まあ、その部分は不問にするとして、芥川は「自分を小説に落とし込む」作業を繰り返すことによって、希死念慮を固定化していった、ような気がする。書くことで救われるのが素人なら、玄人は書くことで己を壊していくのかもしれない。

狂うぐらいなら、死のう

義兄の死の後始末は二月半ばまで続いたが、その間も執筆の手を止めることはなく、「玄鶴山房」や「河童」を書き上げている。それが終わると、改造社から出た『現代日本文学全集』の宣伝に駆り出され全国を巡ることになったのだが、同時に谷崎潤一郎との文学論争を誌上で派手にやっている。もっとも、この論争はむしろよい気晴らしになったのではないかと思うのだが。小品もいくつかものした。

内実を知らなければ、実に順風満帆な作家生活だ。

しかし、この間も芥川の幻視や幻聴、関係妄想は強くなる一方だった。

四月七日には妻の友人で、秘書のようなことをさせていた平松麻素子と心中しようとして、失敗に終わっている。この心中未遂に関しては、滅多なことでは怒らない妻・文も本気で怒った。文曰く、「はじめて劇しい怒りが湧いて来て、主人をはげしく叱りつけました」のだそうだ。その剣幕に、芥川は涙を流して謝ったという。

この心中未遂に関して、芥川はこう述べている。

――しかし僕は手段を定めた後も半ばは生に執着していた。従って死に飛び入る為のスプリング・――

ボオドを必要とした。（中略）このスプリング・ボオドの役に立つものは何と言っても女人である。（中略）唯僕の知っている女人は僕と一緒に死のうとした。が、それは僕等の為には出来ない相談になってしまった。そのうちに僕はスプリング・ボオドなしに死に得る自信を生じた。

（「或旧友へ送る手記」より）

なんとまあ勝手な。飛び込み台扱いされた麻素子もたまったものではないだろう。彼女は賢明にも心中を思いとどまり、文にすべてを打ち明け、その結果未遂に終わったのだったが、これをきっかけに芥川は死ぬのをやめるのではなく、一人で死ぬことを決めてしまう。

ここまで芥川を死に固執させたのは、何だったのだろう。

答えは、芥川自身が書いている。

発狂への恐怖だ。

実は、芥川の実母は芥川を産んだ八ヶ月後突然狂気に陥り、衰弱した末に若くして死んでいる。母を失った時、芥川は十歳だった。精神病院に入院する母を見舞う時に見た狂人の姿は、幼い芥川に狂気への恐怖を植え付けた。そして、狂人の子と思われることを極端に恐れるようになった。狂気は、彼にとってもっとも忌むべきものだったのだ。（嫌悪していたしげ子を「狂人の娘」と表現しているのを思い出してほしい）。

自伝的小説の数々でも実母の末路は伏せていた。

しかし、「或阿呆の一生」では暴露している。死を決意し、もう隠す気もなくなったのだろう。

芥川は己が狂人となる未来を予測していた。「河童」も「歯車」もその恐怖から生まれた小説だ。
そんな時、ダメ押しとなる事件が発生した。五月末に友人の作家・宇野浩二が発狂したのだ。宇野は作家仲間の配慮により精神病院に入院できたが、その姿を見た芥川はこう思ったことだろう。

「次は、自分だ」

最後の望みはキリスト教だった。聖書を読み込み、光を探した。「西方の人」「続・西方の人」はその成果であるが、読めば芥川が光を見出すのに失敗したことが一目瞭然である。

キリストをはじめとした聖書の登場人物をひたすら分析し続ける姿勢は、作家としては正しかろうが、救いを求める人間としては完全に誤りである。救われたければ信じるしかないのだ。だが、信仰に走れるほどの精神力はもはやなかったのだろう。

彼はすっかり疲れ切った揚句、ふとラディゲ[注5]の臨終の言葉を読み、もう一度神々の笑い声を感じた。それは「神の兵卒たちは己をつかまえに来る」と云う言葉だった。（中略）彼は神を力にした中世紀の人々に羨しさを感じた。しかし神を信ずることは――神の愛を信ずることは到底彼には出来なかった。あのコクトオ[注6]さえ信じた神を！

（「或阿呆の一生」より）

唐突だが、小沢健二の名曲「天使たちのシーン」の中に、「神様を信じる強さを僕に 生きることをあきらめてしまわぬように」という歌詞があるのだが、これこそが最晩年の芥川の素直な気持ち

だったのではないだろうか。

芥川の死の原因に関しては百家争鳴状態だ。

ある者は敏感な芸術家の魂が帝国主義日本を滅亡に導いた社会劣化の気配を敏感に感じ取ったからだというし、ある者は近代から現代に移りゆく世相に絶望を感じたからだという。またある者は、芥川の死を純粋に文学的自殺と断ずる。

だが、私はどの論にも与することができない。

> 君は新聞の三面記事などに生活難とか、病苦とか、或は又精神的苦痛とか、いろいろの自殺の動機を発見するであろう。しかし僕の経験によれば、それは動機の全部ではない。（中略）自殺者は大抵レニエ[注7]の描いたように何の為に自殺するかを知らないであろう。それは我々の行為するように複雑な動機を含んでいる。
>
> （「或旧友へ送る手記」より）

芥川の自殺の原因は、本人が書いている通りだ。

生活難とか、病苦とか、或は又精神的苦痛のすべてが重なった結果、死か狂気かの選択肢しか自分には残されていないと思い込み、「取捨選択の結果としての死」に導かれてしまったのだ。そしてそれは、言葉のエキスパートたる文豪が「ぼんやりした不安」としか表現できないほど曖昧模餬としていた。

しかし、一つだけ芥川は自分自身にも嘘をついていたように思う。すべての不安の核となったのは、「自己の創作力への不安」だったことを。残った最後の自尊心は、「創作者」としての自分が脅かされていることだけはどうやっても認めることができなかった。認めてしまえば、己は文学的負け犬になるしかない。だから、死を前にしてあらゆる「死の理由」――経済面から母由来の狂気への恐怖まで――を自ら進んで開陳してみせた。核が見えないよう、覆い隠すために。しかし、隠しきれるものではな

注5：ラディゲ
レイモン・ラディゲ［Raymond Radiguet］（一九〇三～一九二三）。フランスの小説家、詩人。十四歳で最初の詩を発表、ジャン・コクトーとの出会いにより当時最先端の芸術に開眼し、早熟な才能を発揮。十九歳で『肉体の悪魔』を発表し、一躍時代の寵児となるが、二十歳で腸チフスに罹り死亡した。

注6：コクトオ
ジャン・コクトー［Jean Cocteau］（一八八九～一九六三）。フランスの作家。詩・小説・演劇・映画・絵画などあらゆる分野で活躍した。前衛的な作風で同時代から後世にかけて大きな影響を及ぼす。代表作に詩「ポエジー」「鎮魂歌」、小説「恐るべき子供たち」、映画「美女と野獣」「オルフェ」など。

注7：レニエ
アンリ・ド・レニエ［Henri de Régnier］（一八六四～一九三六）。フランスの小説家、詩人。貴族の末裔でその作風は多分に幻想的神秘主義的であり、高踏派と象徴主義派の混交といわれる。詩に「水の都」「時の鏡」。小説に「深夜の結婚」「生きている過去」など。芥川が言及したのは森鷗外が訳した「不可説」と思われる。

かった。

晩年の代表作の一つ「河童」にこんな場面がある。


「わたしはこの間も或社会主義者に『貴様は盗人だ』と言われた為に心臓痲痺を起しかかったものです。」

「それは案外多いようですね。わたしの知っていた或弁護士などはやはりその為に死んでしまったのですからね。」

(中略)

「その河童は誰かに蛙だと言われ、——勿論あなたも御承知でしょう、この国で蛙だと言われるのは人非人と云う意味になること位は。——己は蛙かな？　蛙ではないかな？　と毎日考えているうちにとうとう死んでしまったものです。」

「それはつまり自殺ですね。」

「尤もその河童を蛙だと言ったやつは殺すつもりで言ったのですがね。あなたがたの目から見れば、やはりそれも自殺と云う……」


こんな問答がなされた直後、芸術家の河童が自殺を遂げる。

僕等はトックの家へ駈けつけました。トックは右の手にピストルを握り、頭の皿から血を出したまま、高山植物の鉢植えの中に仰向けになって倒れていました。

(中略)

哲学者のマッグは弁解するようにこう独り語を洩らしながら、机の上の紙をとり上げました。

僕等は皆頸をのばし、(尤も僕だけは例外です。)幅の広いマッグの肩越しに一枚の紙を覗きこみました。

「いざ、立ちて行かん。娑婆界を隔つる谷へ。

岩むらはこごしく、やま水は清く、
薬草の花はにおえる谷へ。」

マッグは僕等をふり返りながら、微苦笑と一緒にこう言いました。

「これはゲエテの『ミニヨンの歌』の剽窃ですよ。するとトック君の自殺したのは詩人としても疲れていたのですね。」


「この間も或社会主義者に『貴様は盗人だ』と言われた為に心臓痲痺を起しかかった」哲学者マッグ。そのマッグに「詩人としても疲れていたのですね。」と評された詩人トック。最先端思想を盾に糾弾されたマッグと創作に疲れたトック。芥川はこの二匹に創作者としての苦しみを投影させた。遺書や自伝的作品では吐露できなかった「ぼんやりした不安」の核を、河童に語らせたのだ。

芥川を殺したのは、彼を取り巻く「世間」のすべてだ。だが、「世間」を関係妄想によって殺し屋にしてしまったのは、芥川本人だ。

あらゆる事象を関連づけ、何度も記憶をなぞることで不安を自己増幅し続けた結果、精神崩壊を起こした末の自死。これほど現代的な死はあるだろうか。この文豪は、やはりどこまでも先駆者だったのだ。

ところで、昭和恐慌が始まったのは芥川の死の二年後のことだ。さらに盧溝橋事件が十年後。数多の国民に無残な死を遂げさせた上に、国土をズタボロにされるという最悪の敗戦を迎えるのは十八年後のことである。

か細い神経を持つ者には到底耐えられそうにもない世の中になる前に、死んだ。

それは、確かに彼にとっては賢明な選択だったのかもしれない。

BUNGO NO SHINIZAMA

梶井基次郎

MOTOJIRO KAJII

早世の青春作家はバカッター？

梶井基次郎（かじい・もとじろう）

小説家。明治34（1901）年、大阪生まれ。昭和7（1932）年、大阪で結核によって病死。享年31。代表作に『檸檬』『Kの昇天』『櫻の樹の下には』など。

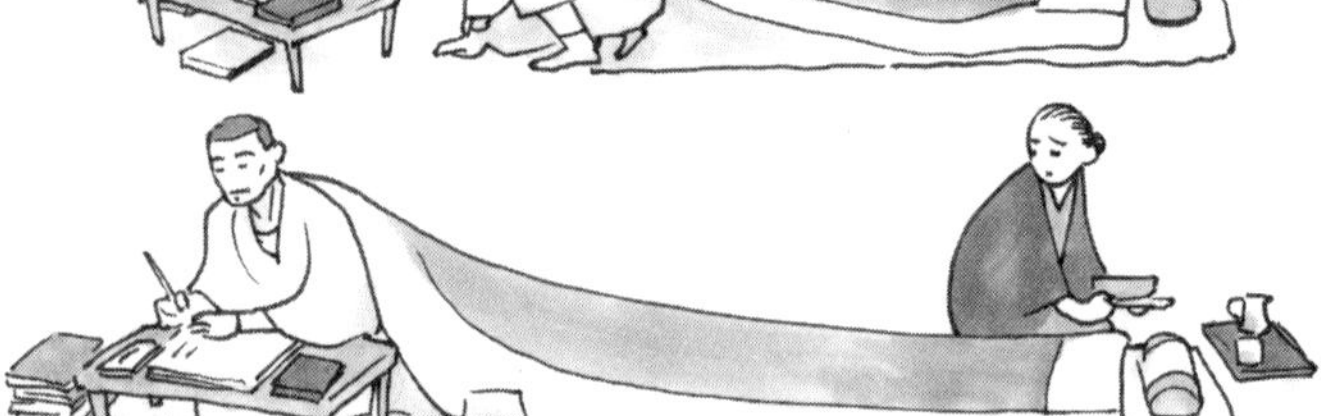

二〇一五年、書店の丸善が十年ぶりに京都支店を再開したことが話題になった。

本書を読んでくださるような方は先刻ご承知のこととは思うが、丸善は明治三年に一号店を構えた、日本近代書店きっての老舗である。西洋から輸入した本や雑貨を扱うというので、明治以降の文士にとっては無くてはならない店だった。文豪たちのエッセイなどにしばしばその名が現れるし、創業者がハヤシライスの生みの親なんていう俗説もあったりで、今もって日本を代表する書店のひとつだ。

こんな背景を頭に入れた上で、それでもやはり丸善、とりわけ京都店に文学上の特別な地位を与えた立役者は梶井基次郎と断じて間違いないだろう。

基次郎は、大正十四（一九二五）年に発表された代表作「檸檬」の中で「青春の煩悶を抱えるある青年が、京都丸善の店頭に並ぶ画集の上に檸檬を乗せて立ち去る」シーンを描いた。

それが多くの若者の共感を呼び、文学史上きっての名シーンとして今も読みつがれている。

画集の上でひっそりと香気を放つ鮮やかな黄色の果実。

イメージはこの上なく美しい。いかにも文学的かつ芸術的な光景である。

だからこそ、京都丸善が二〇〇五年に一旦閉店した際、そして二〇一五年に場所を変えて再出店した折に大勢の人が押しかけ、基次郎の顰《ひそみ》に倣った。店側もレモンを入れる専用籠を設置して、人々の思いに応えた。

いい話である。

いい話、なのだが。

よくよく「檸檬」を読み返してみたら、だんだん「……これ、良い話にして可い話、なのか？」ってな気分になってくるのだ。

なぜそんな気分になるのか。

そこを皆さんと共有するべく、ここで疑似読書会を開催したい。

大正青年　バンカラと繊細の狭間で

まず、「檸檬」の背景について簡単に説明しておこう。

前述した通り、この作品は大正十四年に発表されている。当時、基次郎は二十四歳。京都の旧制第三高等学校を経て東京帝大文学部に入学し、長いモラトリアム生活を謳歌していた。

三十一年で終わった彼の生涯のうち、もっとも長かったのがこのモラトリアム期である。大正時代の義務教育は尋常小学校（もしくは十四歳）までなので、それ以降の高等教育期間をモラトリアム期だと仮定すると、基次郎は大正二（一九一三）年の中学入学から昭和三（一九二八）年に東京帝国大学を授業料未払いで除籍されるまで、実に十五年間にわたって「何者かになるための準備期間」を過ごしたことになる。しかも、卒業後は十代で罹患した結核のために、闘病生活を送りながら文学者を目指す生活をしていたので、いわゆる社会人として過ごした期間は皆無なのだ。

そんな生涯の中で、基次郎がもっとも弾けていたのが三高時代だった。

時はまさに大正モダン、大正デモクラシーの真っ盛り。近代日本が初めて「大衆の自由」を手に入れかけていた、そんな時代だった。

時代の空気は、若者に顕著に表れる。

旧制高等学校の中でもナンバースクールと俗称される一高から八高までは超エリート校として名を馳せていたが、文弱は蔑視され、バンカラ、つまり洗練より粗野で荒々しい振る舞いを良しとする風潮があった。

直情径行タイプの基次郎はあっさりその風に染まり、三高きってのバンカラ大将になっていく。

大正十二年の春、その頃の彼の作品を見れば彼の憂鬱さを理解できるがそんな憂鬱な蟇のような顔をしてズックのかばんを肩にかけて誰かと話をしていた。（中略）妙に強い印象をその姿態から残したので、私は何という男かと人にきくと、あら三高の主や、古狸やという答えを得た。（中略）何故主かというと、何でも彼はそれまでに二度ばかり落第しつづけていたからである。

（武田麟太郎「梶井基次郎の靴と鞄」より）

ほんとうに旧制高等学校生徒のイメージにはまりこんだような男で、わりあい制服制帽が好きなんです。ある日、ちゃんと制服を着ているのだが、足ははだしの男が、悠然と裏門から入ってくるのを、あれが梶井基次郎だ、と誰かが教えてくれたのが、彼を知った最初です。

（丸山薫・河盛好蔵「対談　紅、燃ゆる」より丸山の発言）

バンカラは姿形だけではない。

梶井の生活はだんだん乱れだした。酒の上の乱暴も甚だしくなった。（中略）その夜梶井は料理屋にいる間は、床の間の懸物に唾を吐きかけて廻ったり、盃洗でとんでもない物を洗って見せたり、限りない狂態を尽くしていた。

（中谷孝雄「梶井基次郎——京都時代」より）

ところが梶井君が清滝[注1]に行くと、お断りなんです。それは梶井君が、いつか、ここで暴れたらしい。泉水に碁盤をほうり込んだり、自分も飛び込んで、池の鯉を追っかけ回したことがある。「みなさん活発でいいけれども、梶井さんだけはお断りだ」ということになったらしい。（笑い）

（丸山薫・河盛好蔵「対談　紅、燃ゆる」より丸山の発言）

実際此の梶井の放蕩は底抜けのものであって、金魚を抱いて寝たり、焼き芋屋の釜の中へ牛肉を投げ込んで親爺に追駈けられたりしたような奇抜な行や、また彼の高尚な精神とは凡そ反対な悖徳[注2]な行で一杯であった。悖徳はさらに悖徳を呼び、醜悪はより醜悪を求めて、彼は荒廃たる狂態を演じ続けた。

（外村繁「梶井基次郎に就いて」より）

上記はすべて、元同級生による暴露話である。なんともまあ非道い話というか、小学生男子並みの蛮行を嬉々としてやっていたわけだ。彼の生まれ故郷である大阪では愚かな坊っちゃんを「あほぼん（阿呆のぼんぼん）」と呼ぶが、この時期の基次郎はあほぼんを超えた狼藉者だった。

だが、ただの狼藉者とは一線を画する素質があった。豊かな詩情と文章力である。それを駆使して、基次郎の化身とおぼしき主人公に当時の気持ちを語らせた告白体の小説が「檸檬」なのだ。

ツッコミながら「檸檬」を読む

こうした事情を念頭に置いた上で、次にあげる冒頭部分を読んでみてほしい。

> えたいの知れない不吉な塊が私の心を始終圧さえつけていた。焦躁と言おうか、嫌悪と言おうか――酒を飲んだあとに宿酔があるように、酒を毎日飲んでいると宿酔に相当した時期が

注1：清滝
京都にあった飯屋。三高生のたまり場だった。

注2：悖徳《はいとく》
背徳と同じ。道徳に悖《もと》る行為。

やって来る。それが来たのだ。これはちょっといけなかった。結果した肺尖カタルや神経衰弱がいけないのではない。また背を焼くような借金などがいけないのではない。いけないのはその不吉な塊だ。以前私を喜ばせたどんな美しい音楽も、どんな美しい詩の一節も辛抱がならなくなった。蓄音器を聴かせてもらいにわざわざ出かけて行っても、最初の二三小節で不意に立ち上がってしまいたくなる。何かが私を居堪《いたたま》らずさせるのだ。それで始終私は街から街を浮浪し続けていた。

どうだろうか。

「いや、不吉も何も、結核を患っているのに酒を浴びるほど飲んだり、背を焼くような借金してまで遊んだりしてるから、体調不良から来る鬱状態になってるだけでは?」とツッコミたくなるのは私だけだろうか。えたいの知れない不吉な塊、と表現するとかっこいいが、要するに不摂生不品行を続けまくった結果、心身ストレスによって参ってしまった末の精神不安定としか思えない。

だが、基次郎自身がそれは原因ではない、と嘯く。うーん。本人がそう言うならそうなのかもしれないけれど、でも病んだ心を健やかにするためには生活習慣の改善が欠かせないって聞くし、やっぱり単に体調の問題じゃない?

私は、できることなら京都から逃げ出して誰一人知らないような市へ行ってしまいたかった。第一に安静。がらんとした旅館の一室。清浄な蒲団。匂いのいい蚊帳と糊のよくきいた浴衣。

そこで一月ほど何も思わず横になりたい。

うんうん、それがいいよ。

希わくはここがいつの間にかその市になっているのだったら。――錯覚がようやく成功しはじめると私はそれからそれへ想像の絵具を塗りつけてゆく。なんのことはない、私の錯覚と壊れかかった街との二重写しである。そして私はその中に現実の私自身を見失うのを楽しんだ。

って、妄想するだけかーいっ！
この調子で「檸檬」ワールドと漫才をしてもキリがないので、ひとまずラスト付近まで飛ぶことにしよう。
えたいの知れない不吉な塊を持て余したまま、街から街へと彷徨い続ける主人公は、ある果物屋で足を止める。

ここでちょっとその果物屋を紹介したいのだが、その果物屋は私の知っていた範囲で最も好きな店であった。そこは決して立派な店ではなかったのだが、果物屋固有の美しさが最も露骨に感ぜられた。果物はかなり勾配の急な台の上に並べてあって、その台というのも古びた黒い漆塗りの板だったように思える。何か華やかな美しい音楽の快速調《アッレグロ》の流れが、見る人を石に化したというゴルゴンの鬼面——的なものを差しつけられて、あんな色彩やあんなヴォリウムに凝《こ》り固まったというふうに果物は並んでいる。

突然店レポが始まってびっくりだが、表現は実に美々しい。少々衒学趣味のきらいはあるが、私は嫌いじゃない。
そして、主人公はこの店で手に入れる。
運命の「檸檬」を。

その日私はいつになくその店で買物をした。というのはその店には珍しい檸檬が出ていたのだ。檸檬などごくありふれている。がその店というのも見すぼらしくはないまでもただあたりまえの八百屋に過ぎなかったので、それまであまり見かけたことはなかった。いったい私はあの檸檬が好きだ。レモンエロウの絵具をチューブから搾り出して固めたようなあの単純な色も、それからあの丈《たけ》の詰まった紡錘形の恰好も。——結局私はそれを一つだけ買うことにした。

レモンエロウの絵具をチューブから搾り出して固めたようなあの単純な色って、そりゃ相手は檸檬ですもの。語源になった果物に向かって「あんたは単純なレモン色をしていますな」って、言われた檸檬も困るってものだ。どうにも、基次郎には主客が転倒する癖があるらしい。
まあ、それはさておき。

檸檬を得て、主人公は気持ちが晴れていくのを感じる。

> 始終私の心を圧えつけていた不吉な塊がそれを握った瞬間からいくらか弛んで来たとみえて、私は街の上で非常に幸福であった。

よかったよかった！

でも、ここで終わらないのが文学者のめんどくささだ。

檸檬のおかげでひさしぶりに気分が高揚した主人公は、意気揚々と丸善に入っていく。

ここはかつて「私の好きであった所」だったが、お金に窮乏するようになってからは「重くるしい場所に過ぎな」くなっていた。いわく、「書籍、学生、勘定台、これらはみな借金取りの亡霊のように私には見える」からだそうだが、それはもっぱら君の罪悪感がそう見せているんだよ、基次郎くん。

案の定、調子に乗って店に入ったのはいいが、

> 私の心を充たしていた幸福な感情はだんだん逃げていった。香水の壜にも煙管にも私の心はのしかかってはゆかなかった。憂鬱が立て罩《こ》めて来る、私は歩き廻った疲労が出て来たのだと思った。

いや、違う。たぶん思い出したくない借金問題が脳裏に蘇ったのだ。つまり、借金を返さない限り、主人公に丸善の店頭を楽しむ日々は戻ってこない……はずなのだが。
ここで彼はとんでもないことを始める。

私は画本の棚の前へ行ってみた。画集の重たいのを取り出すのさえ常に増して力が要るな！　と思った。しかし私は一冊ずつ抜き出してはみる、そして開けてはみるのだが、克明にはぐってゆく気持はさらに湧いて来ない。しかも呪われたことにはまた次の一冊を引き出して来る。（中略）以前の位置へ戻すことさえできない。

つまり、棚差しの売り物を次々と引っ張り出しては立ち読みし、「元に戻す体力がないよう」との理由でどんどん積み上げていっているのである。

——なんという呪われたことだ。手の筋肉に疲労が残っている。私は憂鬱になってしまって、自分が抜いたまま積み重ねた本の群を眺めていた。

憂鬱になるのはその惨状を片付ける店の方だ。元書店アルバイト店員として言わせてもらおう。
出したら戻せ。戻さないなら出すな。
時空を超えて文句をつけてもしかたないのだが、つけざるを得ない。なぜなら、このあほぼんはさらにとんでもないことを思いついてしまうからである。

「そうだ」
私にまた先ほどの軽やかな昂奮が帰って来た。私は手当たり次第に積みあげ、また慌しく潰し、また慌しく築きあげた。新しく引き抜いてつけ加えたり、取り去ったりした。奇怪な幻想的な城が、そのたびに赤くなったり青くなったりした。
やっとそれはでき上がった。そして軽く跳りあがる心を制しながら、その城壁の頂きに恐る恐る檸檬を据えつけた。そしてそれは上出来だった。

なんと、店頭で商品の本を使って積み木をし始めたのである。そして、本人の目には「城」に映る構造物を組み立て、その天辺に件の檸檬を置いたのだ。

見わたすと、その檸檬の色彩はガチャガチャした色の階調をひっそりと紡錘形の身体の中へ吸収してしまって、カーンと冴えかえっていた。私は埃っぽい丸善の中の空気が、その檸檬の周囲だけ変に緊張しているような気がした。

何を言っているんだね、君は。いい年してお店の商品で遊んでいるだけじゃないか。
しかも、これだけならまだいいが（いや、よくないが）、さらにとんでもなくくだらないことを思いついてしまう。

——それをそのままにしておいて私は、なに喰くわぬ顔をして外へ出る。——

要するに、である。
商品である高価な（ここ大事）画集の数々を棚から抜き出しては、弄り回して積み木のように積み上げげ、その上に檸檬、つまりうっかり潰れたりしたら本を汚しかねない生果を放置したままトンズラしようというわけだ。

私は変にくすぐったい気持がした。「出て行こうかなあ。そうだ出て行こう」そして私はすたすた出て行った。
変にくすぐったい気持が街の上の私を微笑ませた。丸善の棚へ黄金色に輝く恐ろしい爆弾を仕掛けて来た奇怪な悪漢が私で、もう十分後にはあの丸善が美術の棚を中心として大爆発をするのだったらどんなにおもしろいだろう。
私はこの想像を熱心に追求した。「そうしたらあの気詰まりな丸善も粉葉みじんだろう」

奇怪な悪漢氏の脳内には、企みの成就を祝う高らかなファンファーレが鳴ったかもしれない。
だが、私の頭に響くのは横山ホットブラザーズの長男がノコギリで奏でる「お〜ま〜え〜は〜あ

〜ほ〜か〜」である（なんのことかわからない諸兄諸姉はぜひ「横山ホットブラザーズ　のこぎり」でググってください）。

この感じ。

そこそこいい年をした男が、店の迷惑も顧みずにバカなことをしでかして、あまつさえそれを自慢してしまうこの感じ。

現代の私たちはよく知っている。

そう。これはまるっきり、バカッターやバカスタグラムと呼ばれる連中と同じなのである（痛YoutuberやバカTikTokでも可）。愚にもつかぬ迷惑事をしでかしては画像や動画に撮り、自慢げに配信したがる若者と何一つ変わらない。

つまり、梶井基次郎はバカッターのはしりだったのだ！

とはいえ、それでも基次郎とネット上の有象無象はやはりまったく異なる。

何が異なるのか。

一つは、基次郎がバカげた衝動を文学に昇華してしまったこと。

もう一つは、死後に得た名声が、彼の行為をコマーシャルにまで高めたことである。

もし、本当に基次郎が当該行為をやったと仮定すると、第一発見者となった店員は「どこのアホがこんなことやりよったんや。ほんまええ加減にしさらせ！」と怒ったことだろう。だが、大々的な共有手段が存在しない大正時代、その怒りは店員ひとりのもの、よしんば広がったところで店内に収まる程度であって、それ以上は拡散されない。

その上で、もし、その店員がたまたま大正十四年のオンタイムに「檸檬」を読んで、「あ、あの時のヤツ!」と思い至ったとしても、こんな文学に仕立てられてしまっては苦笑して許すしかなかったのではなかろうか。書店に勤めるような人間なら、余計に。

ここまで散々こき下ろしてきて何なのだが、基次郎が描いた青春の一シーンには、確実に普遍的な価値がある。どんな時代でも色褪せない繊細な詩人の魂が文中に噴き出している。

物事の価値を決めるのは、結句天秤の釣り合いだ。

片方の皿に乗ったのが愚行であっても、もう片方にそれ以上の価値を置くことができれば、世間様は多少のことには目をつぶってくれる。

バカッターだのバカスタグラムだの呼ばれて叩かれた彼らだって、自分のやっていることは誰が見ても「おもしろく」「痛快である」と思ったから、わざわざ世間様にさらしたのだろう。そして、多数がそれを支持したなら、まとめサイトにおもしろおかしく取り上げられ、彼らの卑小な承認欲求を満たして終わり、だったはずだ。

しかし、実際には大多数の人に不快感を催させただけで、配信者はボコボコに叩かれて社会的制裁を受けた上、二度と消えないデジタルTatooをネット上に残してしまった。

基次郎とバカッター、彼我の差は激しい。

だから、私は提案したい。

若者よ、どうせバカなことをするのであれば、それを文学や芸術に仕立ててしまってはどうか、と。

一瞬のノリ一発で撮れてしまう安直な画像や動画なんぞ、よほどの才能がない限りロクな出来にはならない。必要なのは、その時におもしろいと思ったものが本当におもしろいのかを冷静に振り返る余裕と、おもしろいと確信したならそれをよりブラッシュアップする時間だ。

少し前、飲食店のアルバイト店員が店内で見るに堪えない行為をし、それをネットにアップして大騒ぎになる事件が多発した。店員たちはネットで総攻撃をくらっただけでなく、馘首されて仕事を失い、損害賠償を求める裁判の被告にさえなっているらしい。未熟さの対価としてはいささかオーバーキルな気がしないでもないが、それがご時世というものなのだろう。実際、企業側は大損害を受けている。

だが、彼らの拙い衝動をアートや文学として脱構築してみたら、それなりに評価されるものが生まれる可能性はある。やり方さえ間違えなければ真っ当な社会批評になる余地があるからだ（当たり前だが、彼らが何らかの批評性を持ってあれをやったとは一切言っていない）。

とにかくですな。

若者の煩悶はどんな時代にも必ず存在し、未熟さ故にとんでもない形で煩悶を発露させてしまうことはままある。それが作品になるかどうかは紙一重。運と美意識の賜物だ。

基次郎には美意識があった。そして、それを表現するだけの文章力があった。

だが、運はなかった。

やりたいことは定まっていながら病がそれを許してくれなかった運命を、死後の名声だけで「幸運」と見做すことなど、私にはできない。もちろん、歴史に埋もれていった数多くの名もなき天才に比べればまだしも、かもしれないが。

才能に恵まれながらも、それを活かす身体には恵まれなかった元祖天才バカッターは、どのように短い人生を終えたのだろうか。

死を見つめ、死と闘い、生を捨てず。

ここまで散々あほぼん呼ばわりしてきた梶井基次郎だが、実のところ、私は彼の死に様については尊敬の念を抱いている。彼ほど、最後まで生を諦めず、そのくせして散り際にはパッと命を手放した文士はいないからだ。

大正十四（一九二五）年に「檸檬」を同人雑誌「青空」に発表してから七年、昭和七（一九三二）年の正月にはすでに死を待つばかりになっていた。肺尖カタルと診断された大正九（一九二〇）年から数えると十二年に及ぶ闘病生活は、ここに来て刀折れ矢尽きたのである。

そんな自分の姿を、ユーモアを交えながら淡々と書き綴ったのが、絶筆にして生前唯一商業誌に掲載された「のんきな患者」だ。

依頼があったのは前年の十月。基次郎は応諾した上で、掲載は翌年の新年号にしてくれないかと丁重に頼んでいる。

この事実をどう解釈すべきか。もし、彼が健康な青年だったのであれば、その年の五月に出したばかりの処女短篇集『檸檬』の勢いを削がないためにも掲載を急いだ、という解釈が妥当かもしれない。

だが、基次郎は違う。「のんきな患者」は、そのタイトルとは裏腹に、まさに命を賭する覚悟をしなければ書けない作品だった。病状はそこまで進んでいたのだ。

吉田は肺が悪い。寒になって少し寒い日が来たと思ったら、すぐその翌日から高い熱を出してひどい咳になってしまった。胸の臓器を全部押し上げて出してしまおうとしているかのような咳をする。四五日経つともうすっかり痩せてしまった。咳もあまりしない。しかしこれは咳が癒ったのではなくて、咳をするための腹の筋肉がすっかり疲れ切ってしまったからで、彼らが咳をするのを肯じなくなってしまったかららしい。それにもう一つは心臓がひどく弱ってしまって、一度咳をしてそれを乱してしまうと、それを再び鎮めるまでに非常に苦しい目を見なければならない。つまり咳をしなくなったというのは、身体が衰弱してはじめてのときのような元気がなくなってしまったからで、それが証拠には今度はだんだん呼吸困難の度を増して浅薄な呼吸を数多くしなければならなくなって来た。

これを読めば彼がどれほど衰弱していたか一目瞭然だ。

「吉田」は言うまでもなく基次郎の分身である。彼がなぜ「私」とせず「吉田」としたか。その理由は本作を通して読めばただちに諒解されるだろう。基次郎は、自分の苦しみを吐露したかったのではない。「病に苦しむ人間」を客観的に描写したかったのだ。

タイトルは「のんきな」と付けられているが、描かれた闘病生活はのんきとは程遠い。現実をかなり正確に反映させていることは本人の日記と、母が記していた看病日誌を読めば確認できる。

字数は一万八千字足らず。原稿用紙に換算すると五十枚にもならない。心身ともに健やかであればものの三日か四日もあれば書き上げてしまえる量だ。しかし、咳をする力すら残っていない病人にとっては命を削る覚悟が必要だった。

それでも基次郎は話を受けた。商業誌に載る絶好のチャンスを逃すことなどできなかった。なぜなら、基次郎は知っていたのだ。己の死がさほど遠くない未来にやってくることを。

だからこそ、十月に来た依頼に対して掲載を急がせるような返事をしたのだろう。

大学を卒業してからの基次郎は、一人で死に向き合い、闘う日々を送っていた。友人たちが己の人生を雄々しく歩み始めたのを尻目に、自分は保養のために都会を遠く離れた温泉街や文化的環境に乏しい実家で過ごさなければならない。

文学への大望に燃えていた青年にとって、これがどれほど過酷な現実かは言うまでもない。

しかし、基次郎は自己憐憫の海に沈むことはなかった。

唯一自由になる想像力を武器に、いつも目の前にぶら下がっている隣り合わせの生と死を、己の文学へ大胆に取り込んでいったのである。

幻想を塗り込んだ死の風景

時代を少し戻そう。

大正十三（一九二四）年、基次郎は二十三歳で東京帝国大学に入学。文学仲間も増え、有名作家との面会も叶い、自身も多数の短篇をものすなど、充実の東京生活をスタートさせた。しかし、二年後には病状が進み、伊豆・湯ヶ島温泉での転地療養を余儀なくされる。

湯治と聞けば何やら羨ましい気もするが、青雲の志を抱いている、そして世間並みの物欲や性欲を持っている二十五歳の青年が、山奥でただ体を養うだけの暮らしを余儀なくされたのだと思うと、心中察して余りある。時々は友人が見舞いにやって来たり、同じ伊豆に住む文学者と交流する機会を持ったりしたとはいえ、彼にとっては逼塞同然の侘住居《わびずまい》だったことだろう。

しかし、そこで凹むほど基次郎はやわではなかった……というより、大阪人らしい能天気さというか、楽天性というか、「まあ、どないかなるやろ」精神を発揮していた。彼の奥底にはずっとそれがあったように思う。そうでなければ、絶筆のタイトルが「のんきな患者」になろうものか。

だが一方で、死から目をそらすこともなかった。

昭和二（一九二七）年、療養生活に入ったばかりの基次郎は心境小説のような「冬の日」という短篇で、こんな風に書いている。

——冷静というものは無感動じゃなくて、俺にとっては感動だ。苦痛だ。しかし俺の生きる道は、——

その冷静で自分の肉体や自分の生活が滅びてゆくのを見ていることだ。

どれだけ療養したところで、健康体にはなれないまま生涯を終えるのだろう。

もちろん、鷗外のように結核を抱えたまま六十歳まで生きられることもあるが、一葉のように急激に悪化して一年も保たずに亡くなる場合もある。特効薬がなかった時代の結核とは、そういう病だった。

そして、基次郎の病状は、少しずつ、でも確実に悪化していった。

青く澄み透った空では浮雲が次から次へ美しく燃えていった。みたされない堯の心の燠にも、やがてその火は燃えうつった。

「こんなに美しいときが、なぜこんなに短いのだろう」

彼はそんなときほどはかない気のするときはなかった。燃えた雲はまたつぎつぎに死灰になりはじめた。彼の足はもう進まなかった。

「あの空を涵《みた》してゆく影は地球のどの辺の影になるかしら。あすこの雲へゆかないかぎり今日ももう日は見られない」

にわかに重い疲れが彼に凭りかかる。知らない町の知らない町角で、堯の心はもう再び明るくはならなかった。

（「冬の日」より）

落日に我が生命を重ねるのは、自然な心境だったと思う。

こうして、基次郎の心は、年不相応な諦観に支配されていった……と書ければ東洋的価値観ではかっこいいのだけど、そうなってしまってはあほぼんの名折れである。

これを書いた頃、湯ヶ島にやって来た尾崎士郎／宇野千代夫妻と知り合い、交流するようになった結果、千代にすっかり心惹かれてしまうのだ。

四歳年上の人妻にして知的なモガ。禁断の恋の相手として、これほどうってつけの女性はいない。一方の千代も基次郎に「一種の色気」を感じたらしい。同時に、何をやらかすかわからない危ない青年とも映ったようだ。

或るとき、そのときはおおぜいの仲間たちと一緒でしたが、皆で散歩の途中で、川の流れの激しいところを通りかかりました。「こんなに瀬の強いところでは、とても泳げないなァ、」誰かがそう言ったと思います。梶井は例の眼を細めた笑顔をして、「泳げますよ。泳いで見ましょうか。」と言うが早いか、さっと着物を脱いで、橋の上から川に飛び込みました。この人は危い、と私が思った最初でした。

（宇野千代『私の文学的回想記』より）

まだそんなことやってんのか、お前は……。気になる女性を前にして、いい格好をしたかったの

か、それともひさしぶりに学生時代のようなはしゃいだ気持ちに戻ったのか。

千代の方はというと、恋多き女の本領を発揮しまくって「恋だったのかしら、どうだったのかしら」程度の曖昧な気持ちだったようで、そんな二人の温度差がおもろうてやがて悲しき、なのだが、基次郎の存在が夫婦仲を修復不可能なまでに決裂させる原因になったのは間違いないらしい。

明けて昭和三年の正月、基次郎は文士仲間の誘いで伊豆をちょっと抜け出し、東京は馬込にあった詩人の衣巻省三《きぬまきせいぞう》のアトリエで開かれたダンスパーティーに出席した。

そこで尾崎士郎と鉢合わせたところ、尾崎がいきなり基次郎の頬を殴って一触即発の事態になったのだ。当時馬込文士村では、基次郎と千代の仲が噂になっていたためだそうだが、尾崎もカフェの女給とよろしくやっていたというから、男というのは身勝手なものである。

この事件で、尾崎と千代は夫婦別れし、基次郎は基次郎で殴られた翌日に大喀血した。ちなみに喀血した場所は萩原朔太郎のお家だったそうな。

ほんと、青春ですなあ。女を争っての暴力沙汰。とかいいながら、この時みんなもうアラサーでしたけど。昔の人は今の人間に比べ早熟だったイメージがあるが、文士という生き物に限ってはそうでもないらしい。

しかし、そんな稚気に満ちたエネルギーがあったからこそ、肉体の衰えを物ともせず創作活動に打ち込めたのだろう。伊豆での静養期間、基次郎は「筧の話」「器楽的幻覚」「櫻の樹の下には」など、重要な短篇をいくつも書いている。

就中、旅館で自室としている部屋に住み着いた蠅、巡りゆく四季の理に支配されて死を避けることができないちっぽけな蠅の姿に己の行末を重ねた「冬の蠅」は、冷静な観察眼と自在なイマジネーション、そして死を強く意識して日々暮らす人間ならではの深い考察に裏打ちされた素晴らしい作品だ。

だが、何より特記すべきは、やはりそこはかとないユーモアが全篇に漂うことだろう。おもろうてやがて悲しき、なのではない。悲劇と切り離された、独立したユーモアがあるのだ。これが彼の作品の傑出した点であると私は思う。

冬が来て私は日光浴をやりはじめた。（中略）

私は開け放った窓のなかで半裸体の身体を晒《さら》しながら、そうした内湾のように賑やかな溪の空を眺めている。すると彼らがやって来るのである。彼らのやって来るのは私の部屋の天井からである。日蔭ではよぼよぼとしている彼らは日なたのなかへ下りて来るやよみがえったように活気づく。私の脛へひやりととまったり、両脚を挙げて腋の下を掻くような模ねをしたり手を摩りあわせたり、かと思うと弱よわしく飛び立っては絡み合ったりするのである。そうした彼らを見ていると彼らがどんなに日光を恰しんでいるかが憐れなほど理解される。とにかく彼らが嬉戯するような表情をするのは日なたのなかばかりである。（中略）虻や蜂があんなにも溌剌と飛び廻っている外気のなかへも決して飛び立とうとはせず、なぜか病人である私を模ねている。しかしなんという「生きんとする意志」であろう！　彼らは日光のなかでは交尾することを忘れない。おそらく枯死からはそう遠くない彼らが！

高校の授業のような読み解き方をすると、「おそらく枯死からはそう遠くない彼ら」は基次郎の姿を投影した存在だ。日光の中で弱々しい姿をさらすのも、そうだ。

だが、彼らは一点において基次郎とは異なる。どれだけ弱っていても、交尾は忘れないのである。

ここでの交尾は「性」というよりも「生」の象徴だ。冬の日光の、わずかばかりのエネルギーを借りて行う営みが交尾だったというのは、生物が根源的に持つ生への執着の顕れに他ならない。そして、生への執着を描くにあたり、基次郎の筆力ならばもっと深刻なシーンに仕立てることも可能だっただろう。

しかし、そうはしなかった。じっと観察しながら湧き上がってきているのは、ちっぽけな昆虫でさえ命に執着するという現実に対する、呆れるような、苦笑するような、シンパシー混じりのユーモアを感じているような、複雑な感情の塊だ。

その感情の塊はすなわち基次郎が自分自身に向けたものではないか。

誰よりも意気盛んで、無鉄砲な男性気質にあふれているのに、病気が人生の冒険を許してくれない。もうすぐ死ぬ蠅と一緒に日向ぼっこするのが関の山である。

そんな自分を見て、冷笑するのではなく、プッと噴き出している。悲観的になることもあるが、底の底まで沈み込むことはできない。沈み込むつもりもない。

この態度は、とても健全だ。彼の本質は間違いなく大阪のあほぼんであり、あほぼんは基本陽性の精神でできあがっている。だから、基次郎の精神はどこまでいっても光を失うことはないのである。

しかし、人間、陽ばかりでは生きられない。ましてや、不治の病を得た若き病人がポジティブばかりで過ごせるわけがない。

では、基次郎はどこで陰を処理していたのか。

それは幻想の世界だ。幻想の世界で自由に遊び、死と親しみ、自分を含めた人を思うさま弄ぶことで精神の均衡を保っていた。

ドッペルゲンガーとしての我

たとえば、ものの本に「梶井基次郎は優れた幻想小説の書き手である」という記述があったとして、どれほどの人が「うん、知ってた」とうなずくだろうか。

彼の作風について、日本人名大辞典は「繊細な感覚による詩的散文ともいうべき作品」、日本国語大辞典は「鋭い感受性と強い生命力に貫かれた短編」、デジタル大辞泉は「鋭敏な感覚的表現で珠玉の短編」と定義している。

さらに、みんな大好きWikipediaには、

> その作品群は心境小説に近く、散策で目にした風景や自らの身辺を題材にした作品が主であるが、日本的自然主義や私小説の影響を受けながらも、感覚的詩人的な側面の強い独自の作品

を創り出している。

と書かれている。

「幻」の文字はどこにもない。「日本幻想作家事典」で〈幻視の光景〉と記されているのが管見では唯一の例外だ。

もちろん、「幻想」が文学上の正式な術語にはなっていないという事情はあるが、それでもやはり完全に現実を離れた光景＝幻想を描き出す作家としての評価はもうちょっと記述されてもいいのになあと私は思う。

想像力溢れる人間が何らかの理由によって自由な行動を制限されたら、どうなるか。

内なるヴィジョンを育て、その世界に入り込み、遊びはじめると相場が決まっている。

基次郎の幻想は、当然ながら彼にもっとも近い「死」を中心に繰り広げられた。

長い療養生活に入る直前に書かれた「Kの昇天――或はKの溺死」という書簡様式の名作短篇がある。ゴス心を激しく揺さぶるこのタイトルに惹かれて手にとった読者も多かろう。

ある男が療養地のN海岸で出会ったKの死に際について語るこの作品、完全に想像に過ぎないその語りの、確信に満ちた迫力はぜひ原文で楽しんでほしいのだが、ここでは次の一文に注目したい。

「影と『ドッペルゲンゲル』[注3]。私はこの二つに、月夜になれば憑かれるんですよ。この世のものでないというような、そんなものを見たときの感じ。――その感じになじんでいると、現実の

「世界が全く身に合わなく思われて来るのです。だから昼間は阿片喫煙者のように倦怠です」

当時、ドッペルゲンゲルことドッペルゲンガーは一種の流行りだった。芥川龍之介はじめ、複数の作家たちがこの存在について言及しているのだが、「分身」を求める気持ちの強かった基次郎にとってはまさにうってつけの主題だったことだろう。

影とは物体が光を遮った結果生まれる実体のない幻。しかし、その形は正確に本体を写し、本体なくして存在しえない。「影」はもっとも身近なドッペルゲンガーであり、「幻」だ。存在にとっては従に過ぎない曖昧な幻に、本体が乗っ取られていく。

自我の喪失は人間にとってもっとも恐ろしい結末のひとつだが、しかし失うことで月へも飛んでいける自由が得られるのだとしたら。

残りの人生、行動の自由をどんどん失っていくであろうことを予測できた基次郎にとって、これほど魅力に満ちた危険なヴィジョンはなかったのかもしれない。

妄想はさらに拡大し、「ある崖上の感情」というド直球のドッペルゲンガー小説に結実していく。この小説は、山ノ手の町のとあるカフェで、青年が自分の覗き趣味について語り始める場面で始まる。

注3：ドッペルゲンゲル【Doppelgänger】
自己像幻視。自分の姿を自分で見ること。オカルト的な意味では、本人がいないところに現れる、本人そっくりの何者かを指す。現在では「ドッペルゲンガー」表記が多い。

「いや、ところがね、僕が窓を見る趣味にはあまり人に言えない欲望があるんです。それはまあ一般に言えば人の秘密を盗み見るという魅力なんですが、僕のはもう一つ進んで人のベッドシーンが見たい、結局はそういったことに帰着するんじゃないかと思われるような特殊な執着があるらしいんです。いや、そんなものをほんとうに見たことなんぞはありませんがね」

なんともまあ悪趣味な、という話ではある。あるのだが、物語が進んでいくにつれ、ただの窃視愛好者の話ではないことが明らかになっていく。主客の巧みな反転、そして立ち顕れる二重存在。

――俺の欲望はとうとう俺から分離した。――

この分離こそ、彼の文学の主たるテーマだといえるだろう。病という現実を前に、文学的離人症を発していたともいえる。そんな彼は、自分を客体としてじっくり眺めながら、十年ほどかけてゆっくりと死へと近づいていった。

「私も男です。死ぬなら立派に死にます」

昭和七（一九三二年）年三月、三十一歳の基次郎は死の床に着いていた。

一月に「のんきな患者」が「中央公論」誌に掲載され、十四日には読売新聞の文芸時評欄で直木三十五が好意的な評を寄せたのを見た。

それに力を得たのか、三十一日には「『のんきな患者』が『のんきな患者』でいられなくなるところまで書いて、あの題材を大きく完成したい」と綴った手紙を友人の飯島正に送っている。

創作意欲は失われていなかった。

しかし、体調は急な坂を転げ落ちるような具合だった。

二月末には心臓の苦しさを感じるようになり、筆を持つことができなくなった。三月十日を過ぎると本を読めなくなり、病苦による不眠に陥った。十二日には酸素吸入を始めている。

狂人ノヨウニ苦シム、スイミン不足、

極度ノ疲労　ソノ上ヘサイミン剤ノ作用

［呼吸］膚ノ上ヲ少年ノトキ恐怖ニオソハレタトキノヨウナ

冷カナ感ジ、毛穴ガソコダケヒライテクル感ジ　ガアル

ソレガ各所ヘ出没スル

ソレデモ苦シクテネラレナイ。

（梶井基次郎　三月十三日の日記より）

衰弱による呼吸困難と心臓機能の低下。薬剤によるむくみ。食欲の減退。

肉体の苦しみは精神に悪影響を及ぼし、基次郎は「のんきな患者」ならぬ「わがまま極まりない患者」として、看病する母や通いの看護師、弟などに当たり散らした。

家族は、余命幾ばくもない彼の望みをできるだけ叶えてやろうとした。しかし、物事には限度がある。

三月二十二日、基次郎は苦しみに耐えかねて医者を呼べと家族に再三要求し、派遣されて来た看護師が気に入らぬから帰せと頑強に主張した。

母は、覚悟を決めた。

私は暫く考えていましたが、願わくば臨[注4]終正念を持たしてやりたいと思いまして「もうお前の息苦しさを助ける手当はこれで凡て仕尽くしてある。是迄しても楽にならぬでは仕方がない。然し、まだ悟りと言うものが残っている。若し幸にして悟れたら其の苦痛は無くなるだろう」と言いますと、病人は「フーン」と言って暫し瞑目していましたが、やがて「解りました。悟りました。私も男です。死ぬなら立派に死にます」と仰臥した胸の上で合掌しました。（中略）「お母さん、もう何も苦しい事は有りません。この通り平気です。然し、私は恥ずかしい事を言いました。勇[注5]に済みません。この東[注6]天下茶屋を駆け回って医者を探せなどと無理を言いました。どうぞ赦してください」

基次郎はこのように前非を悔い改め、従容として死んでいった、のならキレイに終わらせられた

のだが、やはりそうもいかなかった。生物の命への執着は、本体の意識を超えた細胞一つ一つの叫びである。まして三十一歳のまだまだ若い肉体が、死をおいそれと受け入れるはずもない。

翌日も苦しみ、悟ったという言葉が嘘だったかのように医者を呼ぶよう求めたが、夕方になると意識がなくなり、二十四日の午前二時、そのまま息を引き取った。

悟れと促されて悟られるものなら、人は苦労しない。それでも、基次郎は一旦覚悟を決め、死を受け入れた。この過程があるとないのとでは、相当違うのではないか。

どうせ死ぬなら、心安らかに死んでいきたい。命大事でジタバタしたくない。

私自身は常々そう考えている。

基次郎は十数年かけて死を見つめ続けた。それでも、大人しく死んでいくことはできなかったし、本人としても納得はいかなかっただろう。しかし、一度でも「悟りました」と言えたのは、やはり「死」についてずっと考え続けていたからだろうと思う。

注4：臨終正念
仏教用語で、浄土に旅立つため、臨終に際して一心に仏を念ずること。しかし、基次郎の母は「心安らかに死を受け入れる」という意味合いで使っているようである。

注5：勇
基次郎の弟の名前。晩年、近所に住んでいた。

注6：東天下茶屋
大阪の地名。基次郎の旧居跡は現在の大阪市阿倍野区王子町にある。

現代社会は、死から目をそらそうとする社会だといわれている。

霊柩車が宮型からリムジン型に変化したのは、ひと目で死を連想させるその形が忌まれたためだそうだ。最近は、命日ではなく誕生日を故人の記念日にする人も増えてきている。まるで、死という事実を無視するかのように。

ことの可否は個々の価値観によるだろう。だが、私は死を直視しない風潮を憂いている。確実にやってくる死をずっと見て見ぬふりをしてきた人間が、いざ自分の終焉を迎えた時、それを受け入れることができるだろうか。また、身近な者が亡くなろうとしている時に安らかに死に逝けるよう覚悟を持たせてやろうと思えるだろうか（もっとも、基次郎の母は息子の死後、自分の言葉を後悔したようだが）。

生物の死亡率は百パーセントだ。どうやったって死ぬ。死を知らなければ、本当の意味で生を知ることはできない。だから、時には「死」についてしっかりと考えることも必要だと私は思っている。

死を見つめながらも、死と闘い、生を捨てず、それでも最後には「死ぬなら立派に死にます」と言えるように。

BUNGO NO SHINIZAMA

小林多喜二

TAKIJI KOBAYASHI

国に挑み
殺された男

小林多喜二（こばやし・たきじ）

小説家。明治36（1903）年、秋田県生まれ。昭和8（1933）年、東京で特高警察に拷問され死亡。享年30。代表作に『蟹工船』『不在地主』『党生活者』など。

本章で取り上げるのは、プロレタリア文学の代表的作家である小林多喜二だ。

先に明かしておくが、私はこれまでプロレタリア文学にはほとんど触れずにきている。若い頃は「貧乏くさい話は嫌だ」と読む前から拒否していた。唯一の例外は葉山嘉樹の「セメント樽の中の手紙」だったわけだが、これはもうもっぱら幻想小説の文脈で読んでいた。

数年前の「蟹工船」ブームの時には今更感もあり、なんとなく横目で眺めていただけだった。

それが今回取り上げる気になったのは、ひとえにここ一、二年の風潮に強く思うところがあるからだ。私ほど鈍感な人間でも、まるで戦前の社会をなぞるかのように変質してきている今の日本に座りの悪さ、というよりも気味の悪さを感じざるを得ない。

その気味の悪さの正体を暴くには、全体主義の犠牲になった人物の死に様を知らなければならないだろう。

多喜二は、本書に登場する人物の中で唯一「殺された」人だ。

よって、死に様を追うならば「殺した犯人」についてより詳しく見ていかなければならない。

では、多喜二を殺した犯人は誰か。

答えを言ってしまうと、直接手を下したのは東京にある築地警察署の警察官たちだ。彼らは殺意があったとしか思えぬ執拗さで残忍な拷問を繰り返し、一人の人間を死に至らしめた。

だが、警察官たちに虐殺を許したのは誰だったのか。

それは、治安維持法をみすみす成立させ、特高警察の無法にも見て見ぬ振りをした当時の人々、つまり「普通の日本人」というやつだ。

多喜二の死に様を追うことは、日本近代史の暗部——というよりも恥部をつぶさに見ていくに等しい。私にとって、これほど気詰まりな作業はない。

だが、二十一世紀に生きる日本人として、三〜五代前の先祖たちが犯した過ちを再確認し、学びを得て後世に伝えることは一つの責務だろう。

多喜二が死んだ日——日本破局への第一歩

昭和八年二月二十日、多喜二は特高警察によって逮捕され、その日のうちに拷問の末、殺された。なぜそんなことになったのかについては、後ほど詳述することにして、まずは文化史上、いや日本史上に残るこの愚行を生んだ当時の世相から振り返ってみたい。今回の場合、それが「死に様」に迫る第一歩になる。

まず、昭和八年、西暦でいうと一九三三年はどんな年だったのだろうか。近代史上の主な出来事を軸に見てみよう。

米騒動、第一次世界大戦の終結、初の政党内閣である原敬内閣の組閣から十五年。
ソビエト社会主義共和国連邦の成立から十一年。
関東大震災から十年。
治安維持法成立から八年。

昭和金融恐慌から六年。

当時非合法政党だった共産党の党員が一斉検挙された三・一五事件から五年。

世界大恐慌の発端となった「悲劇の火曜日」から四年。

柳条湖事件に始まる満州事変の勃発から二年（ちなみに同年、婦人公民権案が衆議院で可決し、貴族院で否決されている）。

五・一五事件から一年。


どうだろう。

大正デモクラシーで一旦は手が届きそうになった自由な民主的社会が、羽が生えたように飛び去って行く、まさにその時期だったことがわかるのではないだろうか。

ちなみに、二〇一九年を起点に同じスパンで振り返ってみると下記の通りになる。


ザッカーバーグがFacebookを開設、小泉首相が北朝鮮を訪問し拉致被害者とともに帰国してから十五年。

リーマンショックが発生、バラク・オバマが米国大統領に当選してから十一年。

マイケル・ジャクソンの急死から十年。

東日本大震災から八年。

イチロー選手が日米通算で史上三人目となる四千本安打を達成してから六年。

ロシアのプーチン大統領がクリミア自治共和国を編入、キューバと米国が国交正常化してから五年。

フランスのシャルリー・エブド襲撃事件から四年。

英国がEU離脱を国民投票で決めてから三年。

共謀罪（組織的犯罪処罰法）の成立から二年。


比較することで、時間経過の感覚を摑んでもらえたのではないだろうか。

次に、一九三三年当年の出来事とその時期に流行っていた文化について振り返ろう。


一月　日本軍が中華民国軍と交戦、山海関を占領。

　河上肇や大塚金之助などマルクス主義者の経済学者が検挙される。

　前年に選挙で大勝したナチス党の党首ヒトラーが独首相に就任する。

二月　長野県で共産主義の影響を受けた教員たちが一斉に逮捕される二・四事件が起こる。

　国際連盟が日本に対し満州撤退勧告を圧倒的多数で可決。

三月　三陸大地震発生。死者三千名を超える。

　フランクリン・ルーズベルトが米国大統領に就任。彼は日米開戦時の大統領である。

　日本、国際連盟脱退。

四月　京都帝国大学の瀧川幸辰教授が学生を赤化させたとして糾弾される。（滝川事件）

五月　日本軍の華北への侵攻始まる。
十月　ドイツが国際連盟脱退。
ナチスのユダヤ人迫害から逃れるため、アインシュタインがアメリカに亡命。
十二月　昭和天皇の長男となる継宮明仁親王誕生（現在の上皇陛下）。

一九三三年のベストセラー
谷崎潤一郎『春琴抄』
南洋一郎『吼える密林』
西田幾多郎『哲学の根本問題――行為の世界』
（参考資料　澤村修治『ベストセラー全史』筑摩選書）

一九三三年という年が、世界史的に見れば第二次世界大戦の芽がはっきりと顔を出した年であることがわかるのではないだろうか。そして、日本では思想弾圧が本格化した年といえる。
この年のベストセラーは耽美小説と少年向け冒険小説、そして哲学書だ。一見、バラエティ豊かな出版が継続していたように見えるラインナップだが、プロレタリア文学や社会運動にまつわる書物がないことに注目してほしい。
多喜二の代表作『蟹工船』や徳永直の『太陽のない街』がベストセラーになったのは昭和四（一九二九）年、翌年には細田民樹の『真理の春』の名前がある。それからたった二年ほどで、多喜二は死んだのだ。

もちろん、これを急展開とはいうことはできない。その前から徐々に締め付けは強くなっていた。しかし、出版の自由が損なわれてから、作家が国家権力によって非合法に殺害されるまで三年しかなかったという事実を前に、私は慄然《りつぜん》とするしかない。社会は、私たちが思っているよりももっと速いスピードで変容していく。

そして、それは二十一世紀の今も変わりない。

デモクラシーの敗北と社会の分断

明治維新から約半世紀経った大正時代の日本は、国際社会の一員として迎え入れられ、それなりの存在感を示すようにはなっていた。それは同時に、外国で起こった出来事に国内の経済や社会が大きく影響を受けるようになったことも意味する。

二十世紀初頭、世界はまさに帝国主義の真っ只中にあった。そんな中、大正三（一九一四）年に勃発した第一次世界大戦は、イギリスやフランスなどの植民地を多数持つ国とドイツなどの海外利権が少ない国との間で起こった、植民地や従属国の再分配を巡る戦いだった。

四年間続いたこの大戦は、日本に棚ぼた式の勝利をもたらした。たまたま同盟していた各国が勝利したことで、ドイツが山東半島で有していた利権と南洋諸島を獲得したのだ。だが、一九二一年のワシントン会議において、濡れ手で粟だった山東半島を中国に返還するように求められる。

なぜそんなことになったのか、簡単に言ってしまえば、日本の動きが西洋列強の容認できるラインを越えてしまったからだ。

列強にとってアジア地域でもっとも封じ込めたい敵はロシアであり、ロシア革命によって誕生したソビエト連邦であった。だから、西洋文明を受け入れ、資本主義と法治主義という近代西欧の価値観をともにする日本を暫定パートナーとして迎え入れていたのだ。

ところが、日本は彼らが考えていた以上の利権を中国大陸に求め、拡大主義を取り始めた。

列強にしてみれば警備員として置いていたはずの小国が大国ヅラし始めたので、己の身をわきまえさせるつもりだったのだろう。日本の野心を早めに潰しておきたかったのだ。

だが、気分だけはすっかり列強諸国の一員になりきっていた日本にとっては、いきなりはしごを外されたようなものだった。山東半島の利権は、彼らとの密約によって得たもので、後から取り上げられる謂れはない。

国内に、西洋各国に強く出られない政府に対する不満が広がった。

対外戦争の戦利において、日本人が失望するのは日露戦争に続き二度目だった。勝った勝ったと大騒ぎし、東洋の大国これに有りと夜郎自大になっていても欧米諸国からは適当にあしらわれて終わり。肥大する一方の自意識と現実の国際的地位が釣り合わない。

そのフラストレーションが日本の軍国主義化を国民が容認……というより、積極的に後押しする空気の素地になったことはよく知られている。

しかし、大正時代には、むしろ社会の西欧化を急速に進めることで日本が文明国であると証明し、そのソフトパワーで一流国になろうとする流れが優勢だった。大正デモクラシーの到来である。欧州の（当時としては）進んだ社会を我が目で見てきた上流階級やインテリ階級は、民本主義思想と議院内閣制に国家運営の範を求めた。

法の下の平等や基本的人権の獲得など、個人の自由の最大化を目指す運動も盛んになった。国庫に負担をかける海外派兵の縮小も図られた。また、明治時代の藩閥政治から政党政治に移行したのもこの時期である。「憲政の常道」という言葉を学校で習った覚えはないだろうか。

表面上、日本の政治は成熟しつつあるように見えた。若者を中心に盛んに社会主義が研究され、日本が健全なる法治国家になるためにはどうすればよいか議論された。

有島武郎が〝不在地主〟である自身に悩んだのはこの頃だ。そして、有島武郎の盟友であり、自身華族階級だった武者小路実篤が「人間らしく生きる」「自己を生かす」社会を目指して宮崎県に「新しき村」を創立したのは大正七（一九一八）年のことである。

「人間らしく生きる」「自己を生かす」社会。それはあまねく人間にとって幸福を得るための最低限の条件であるはずだ。

しかし、純然たる資本主義者には、そんな社会は痛し痒しである。利益を追い求めるなら民主主義より帝国主義のほうがよっぽど相性がいい。資本主義は、究極には奴隷なくして成り立たない制度だからだ。

世の中は結局強え者がちだ。だから弱え人間はおとなしく働くより仕方ねえのさ。お前えのように無鉄砲が飛び歩いたって仕様ねえだろう、なあ、此の世の中は気ままを云ったって通らねえんだ。

小林多喜二より十歳ほど年上のプロレタリア文学作家・宮地嘉六が「解放」誌に書いた一節だ。彼が見た、封建的徒弟制度に支えられる職工の世界の、「従順さ」を第一に置く価値観は、資本家のそれと一致する。

「源作、お前は今度息子を中学へやったと云うな。」肥った、眼に角のある、村会議員は太い声で云った。
「はあ、やってみました。」
「わしは、お前に、たってやんなとは云わんが、労働者《はたらきど》が、息子を中学へやるんは良くないぞ。人間は中学やかいへ行っちゃ生意気になるだけで、働かずに、理屈ばっかしこねて、却って村のために悪い。(中略)お前はまだこの村で一戸前も持っとらず、一人前の税金も納めとらんのじゃぞ。子供を学校へやって生意気にするよりや、税金を一人前納めるのが肝心じゃ。その方が国の為じゃ。」

(黒島伝治「電報」より)

施政者や資本家がほしいのは仕事のことだけ考えて黙々と動く納税者という名のロボットである。

人権だの自由だの、余計なことは考えてほしくない。パンとサーカスぐらいは与えるから、悩めるソクラテスよりも満足する豚でいてほしいのだ。

その小林たちは、自分たちの労働の上に、「搾取」などがあると云う事は、更にも思い及ばない処であった。

彼らは云っていた。

「だんだん、暮らしがむずかしうなる。どう云うもんだかね。海の魚も、ちったあ減ったと思えるが。でも、暮らしがむずかしうなるほどには減ってはいないのにな。わからん、どう云う訳だかね」

それだけの疑問であった。

（葉山嘉樹「移動する村落」より）

従順で不満を持たず、強い者には巻かれ、集団に忠誠を誓い、出る杭には一斉に襲いかかるような、そんな人材が一番望ましい。

「人間が生きて行くためには、どうしても人間の生命を失わねば生きて行けないのか、人柱！　おれたちは皆人柱なんだ！」

（葉山嘉樹「海に生くる人々」より）

こんなことを考える人間は、資本主義社会には不要だし、不適なのだ。

だが、人間は考える葦である。

どれだけ弱い者でも、一度社会の矛盾に気づいてしまえば、何かしら胸に鬱屈は抱えることになる。そうした鬱屈は、穏健かつ合法的に制度を変えようとする流れとは別のところで、突如爆発する。

たとえば、昭和八年の二十八年前、明治三十八（一九〇五）年に起きた日比谷焼き討ち事件に始まる一連の都市民騒擾事件は、そうした空気の中で誘発されたものだ。言うまでもなくこの手の騒擾は冷静な視点で問題を見据えた結果起こるものではない。むしろ極めて近視眼的な発想に支配されることが多い。

日比谷の焼き討ちの場合、最初は「日露戦争の講和条約ポーツマス条約に反対する国民集会」という形で始まった。

ご存じの通り、日露戦争は一応日本の勝利に終わっている。しかし、それは薄氷の勝利だった。政府は、実質ギリギリの勝利であること、かつ戦いを続ける余力などないから講和を急がなくてはならない事情などを国民に隠したまま、戦勝のみを派手に宣伝した。勝利に酔った人々は、多額の賠償金や利権の割譲を期待した。それを煽ったのは他ならぬ新聞などのマスコミである。景気の良いことを書けば書くほど売れたからだ。

だが、いざ蓋を開けると、ロシアは賠償金の支払いには応じず、大陸利権もほとんど得られなかった。この結果に、国民は怒った。戦争を理由にした増税にも耐えてきたのに見返りがないとわかり、不満が爆発したのだ。

この時、扇動に使われた言葉は「愛国」である。そして、「愛国者」たちが敵としたのは時の政府、つまり国民に我慢を強いたのに外国には弱腰の（と彼らが判断した）政府要人たちだった。愛国という言葉の、なんと便利なことか。

さらに、時間帯によってデモ隊を構成する層が異なったことが後の研究によって明らかになっている。

騒擾《そうじょう》の初めの段階、昼過ぎ頃に警察当局と衝突し、政府系新聞社に投石などを行ったのは集会の意味合いを予め理解し、政府に対して抗議する意思を持って集まった都市中間層だった。芥川の章で言及した中流から中流下層階級あたりのことだ。

ところが、時間が経つにつれ集団はコントロールを失っていく。都市下層民を中心とする新たな参加者は放火や略奪を始め、ついには路面電車を焼き討ちにした。彼らはすでに元の目的を知らず、ほとんど鬱憤ばらしのような形で騒乱の群れに飛び込んだのだ。

ある種の集団ヒステリーといってよいだろう。

日比谷焼き討ち事件は、アジテーションできるインテリ層に呼応した中間層と下流中間層が始めたデモに、都市下層民が加わったことで暴動になった。つまり、この時期はまだ各階層の不満が同じベクトルに収束する程度には共有されていたのだ。

ところが、それから約四半世紀後の昭和初期、つまり多喜二が殺された頃には、階層は完全に分断されていた。もはや、中間層と労働者階級は共に闘うことはなくなっていく。労働者階級にも分断があった。

その結果、民衆の力は削がれ、施政者へのチェック機能が失われ、大多数の国民は飼いならされた羊であることを望むようになっていった。

では、なぜ人々は国に従い、国家権力による非合法な殺人を容認するまでに至ったのか。その変化を多喜二の半生を紐解きながら見ていきたい。

小樽の場末で「狭いながらも楽しい我が家」

狭いながらも楽しい我が家。

戦前に大ヒットした歌曲「私の青空」の有名なこの一節は、日本の小市民の諦め混じりの願望を見事にすくい取っている。

物質的には満たされなくても、心が満たされていれば、それでいいではないか。なんとか食ってはいけるが、裕福になれる見込みがないなら、そのあたりに人生の落とし所を見つける他はない。もし、小林多喜二が、もっと鈍感で、自分の気持ちに嘘をつけるタイプであったならば、彼もまた「狭いながらも楽しい我が家」の幻を見続けた挙げ句、戦争に巻き込まれていった同世代の人々と同じ道を歩んだことだろう。

明治三十六(一九〇三)年十月、多喜二は秋田県下川沿村(現在の大館市)に生まれた。

父・末松は比較的裕福な農家の分家の次男、母・セキは小作農の娘。本来であれば、末松は分家として長男家の厄介になるか、あるいは別の職業を探さなければならない立場だが、小林家は長男・慶義が家を出て事業を始めたため、末松が跡継ぎになった。

セキの証言によると、彼女が嫁入りした当初の小林家は、「家も大きく部屋数も沢山あって家財什器も備え、田や畑もかなり所有して、村でも相当な暮らしをしていた」のだそうだ。旅人に宿を貸し、明治時代には駅逓《えきてい》――いわば特定郵便局的な役割も果たしていたそうだから、土地ではそれなりに〝顔〟の家柄だったと思われる。

よって、何事もなければ、多喜二はそのまま地主階級の一員として一生を終えていたかもしれない。

だが、慶義の事業の失敗が、多喜二の人生を大きく変えた。

末松が継いだはずの土地は、大方が借金のカタに取られた。残った土地で農業を営むだけでは食べていけないことは明白だった。慶義も事情はわかっていたのだろう。自身は心機一転、北海道の小樽でパン屋稼業を始め、それがそこそこ当たっていたものだから、弟一家にも「こっちへ来い」と再三再四催促していたという。

それでも、夫婦の腰は重かった。私のような根無し草にはわからぬことだが、農で生きてきた人にとって、先祖伝来の田畑がある村から離れるのはよほど辛いことらしい。しかし、生活は苦しくなるばかりで、土地にしがみついていても立ちいかない。

最終的に夫婦は小樽行きを決断するのだが、その時、多喜二はまだ四歳。農村暮らしの記憶はほとんどなく、彼の実質的な故郷は小樽となった。

港の水は青々と深くて、底が岩質だった。それで幾つにも折り重なった火山質の山が直ぐ後にせまっていた。――小樽の街はその山腹の起伏に沿って、海際を横に長く、長く延びている。

「転形期の人々」という作品の冒頭で描写される小樽の風景だ。

北海道西部、石狩湾(小樽湾)に臨むこの港湾都市は、多喜二の描写通り、赤岩山、天狗山、毛無山の三山に取り囲まれた海岸段丘上に街が築かれている。

開発は維新前から松前藩によって始められ、蝦夷交易の中心地としてすでに栄えていたが、小樽港が一八七二年に築港され、一八八〇年に札幌に繋がる鉄道が開通すると、石狩炭田の石炭積出し港として地域有数の都市となった。さらに、一八八九年には特別輸出港の指定を受け、大陸との連絡/貿易港として大いに賑わった。

多喜二が暮らした頃の小樽は、その繁栄が最高潮に達していた。

一番下の税関や倉庫や運河や大きな汽船会社のある海岸通り、その一つ上の銀行や会社や大商店のあるビルジング街、その又上のカフェー、喫茶店、夜店のあるまばゆい遊歩街、更にその上に公園や学校やグラウンドのあるこんもりとした緑の場所があって、山の手の住宅地に続いていた――その一段一段が、それぞれの電燈の濃淡をもって、はっきり見分けがついた。それらは又そのまま暗い港の海にキラキラと倒さに映って、揺れた。

（「転形期の人々」より）

秋田の農村とは何もかもが違う都市。しかし、多喜二一家が住んだのは、キラキラした街の中心地ではなく、南の外れにある若竹町という地域だった。

街の中央はまばゆい電燈の光で、溢れるように輝いていた。然し両端の街は——夜になると深い谷底のように暗かった。点々とついている電燈は、どれも黄色ッぽく、薄ぼんやりしていた。——そこは場末で、労働者ばかり住んでいた。（中略）どの家も煤けた同じ型の長屋で、それが階段に沿って規則正しくならんでいた。然し下の方に移るに従って、屋並が乱れ、汚い小さい家がゴジャゴジャに固まり、押しあい、へしあいしていた。

（「転形期の人々」より）

多喜二の自伝的小説である「転形期の人々」の舞台は、若竹町と市街を挟んで反対にある手宮町だが「両端の街」と書かれているように、似たような土地柄だったらしい。

つまり、労働者階級の街で多喜二は育ったのだ。この作品で、多喜二が自身をモデルとした龍吉を通して、「両端の街」に暮らす人々の姿を赤裸々に描いている。

中でも、特に興味深いのが、労働者階級の街にも歴然とした階層があったことを窺わせる部分だ。

手宮の街——と云っても、それは一様ではなかった。近代的な大工場に通っている労働者は、それでもキチンとした小綺麗な家に住んでいて、二三本樹の植えてある小さい庭ぐらいは持っているものもいた。役付職工などは一戸建てのうちに入っていた。（中略）町工場や謂わば少し大きな鍛冶屋などに通っている労働者も、まださっぱりした長屋に住んでいたが、浜人足[注1]や沖仲仕や出面取りなどは、グジョグジョと湿ッぽい、幾つも折れ曲がった小路にささり込むように密集していた。（中略）全体がゆるい勾配になっているこの街を三町（※筆者注　約三五〇メートル）程上って、右に入ると、「朝鮮人」ばかりの一画だった。そこに住んでいる朝鮮人は日雇や土方や積取人夫だった。（中略）この辺では時々喧嘩が起った。お互が組と組に分れて、殴ぐり合いをはじめた。港の荷物の揚げ卸しや、土方でも、日本人の労働者よりも賃銀（筆者注　賃金のこと）が安く、それに何時間でも働かせられるので、資本家は喜んで朝鮮人を使った。それで日本の労働者とは仲が悪かった。

長いので引用はこれぐらいで切り上げるが、多喜二はさらにこの下の階層として、まともな家に

注1：浜人足《はまにんそく》、沖仲仕《おきなかし》、出面取《でめんと》り
浜人足と出面取りはいずれも日雇いで働く港湾労働者。出面取りは北海道から本州北部日本海側地域にかけての日雇い労働者を指す方言。沖仲仕も港湾労働者だが、日雇いと常雇いがあり、港湾労働の中ではもっとも熟練が必要とされた。

住めず、三階建て程度の古いビルの部屋で何家族もがすし詰め状態で暮らしている人々の存在についても言及している。労働者階級も一枚岩ではない現実。真の底辺はコンクリートの壁の向こう側に隠されていた。

主人公の龍吉は、そんな底辺ビルの一階でささやかな小売業を営む家の息子として設定された。生活は苦しく、父は働きすぎのため心臓を悪くし、どうにか女学校に通っている姉も放課後にはアルバイト、と書くと軽く聞こえるが、実際にはかなりきつい労働に従事せざるを得ない。そんな下流中層階級の辛く屈辱的な日々がテーマだ。

これを読めば、読者は皆こう思うだろう。こんな生い立ちが、多喜二をプロレタリア文学、そして共産党入党へ導いたのだろう、と。私もてっきりそう思っていた。

ところが、母・セキの回想を読むと、まるで違った多喜二の少年時代が浮かび上がってくる。一家はたしかに労働者階級の街に住んでいた。しかし、暮らし向きはというと、多喜二が書くところの「近代的な大工場に通っている労働者」、つまりその街ではもっとも上層にいる人々と同等だったようなのだ。

多喜二の父母は小さいながらも一戸を構え、菓子店を開いていた。労働者相手の小商いだが、それでも売上は悪くなかったようだ。小樽の街と郊外を結ぶ通り沿いにあったので、客足が絶えなかったらしい。セキは、この時期の暮らしについて「仕事に張り合いもあり、楽しみもあって、思いきって小樽へ移って来たことをよかったと夫婦は話し合うのでした」と回想している。

また、「転形期の人々」と同様、多喜二が自らの経験を下敷きにした小説「同志田口の感傷」には、主人公の母と、女学校に通っている姉が次のような会話をするシーンがある。


「鰊の沖上げ」で、畚[注2]背負いをすると、女でも一日二三円になった。「鰊さき」の技術を覚えていると、もっと金になった。（中略）——けれども、姉はそれに行くといわないのだ。

「一日二円にもなるど。何んぼ助けになるか！」

母は何度もそれをいった。

「んだども……嫌だなァ！……だって……。」

こんなことの無かった姉だった。

「日曜一日行っても、一月の分が出るんだよ……。」

「日曜だからさ……。」

姉はいいにくそうにいった。

「日曜だから？」

「……。」——姉はだまって母を見ていた。「……市の人が皆見物にくるでしょう。……それに……。」

注2：畚《ふご》
竹や縄などで編まれた、物を入れて運ぶ用具。もっこ。

が、そこで言葉が躓いた。
「それに……ね、お友達が、学校の……！」
母はそういわれて、思わず姉の顔を見た。

つまり、田口の姉は同級生に汚い格好で働く姿を見られたくない一心で、高額の賃金がもらえる仕事を嫌がったわけである。年頃の女性としては当然の心理だ。

ところが、この部分も、セキの話ではずいぶんと色合いが違う。当時、小樽の街では春の漁期に鰊担ぎで働くのはごく普通で、良家の娘でもこの日雇いに出たというのだ。報酬がよいのもあるが、現物支給として獲れたてピチピチの新鮮な鰊をもらえるのが一番の魅力だったという。

多喜二の「自伝的小説」とセキの「大人の回想」を比べると、このような齟齬がちょいちょい見受けられる。

そのもっとも顕著なのが、多喜二の学生時代のエピソードだ。

一般的に流布する多喜二の伝記や年譜には、この時期について、伯父・慶義の営むパン工場を手伝うために伯父の家に住み込み、援助を受けながら苦学して卒業した、と書かれている。慶義は多喜二の課外活動や文化活動に白い目を向け、情熱を傾けていた絵の道を強権的に諦めさせたことになっているし、パン工場の職人たちは学校に行ける多喜二に嫉妬して冷たい態度を取ったとされている。

ところが、セキの証言ではまったく様子が違う。

そもそも、多喜二は毎日自宅から学校に通っていたという。伯父のパン工場で父ともども働いていたのは事実だ。だが、伯父は快く学費を提供してくれ（当然、贖罪の気持ちもあったことだろう）、多喜二が優秀な成績を収めると大いにご満悦で上の学校への進学も保証してくれた。さらに、課外活動をしたり、友達と遊ぶ時間も取れていたというのだ。

どうも、話が食い違う。多喜二は、自分で書いているより、よほど幸せな少年時代を送っていたのではないだろうか。

もちろん、母が子供の気持ちを百パーセント理解していたとは思わない。また、セキが知らないところで、伯父やパン職人たちに嫌な思いをさせられていたことは十分ありえる。「散々恩に被せられて」というのも、伯父の態度の端々に「金を出してやっている」という気持ちがにじみ出ていたのかもしれない。また、絵を止めろと言われた時のショックは、当時書いた詩を見れば相当大きかったことがわかる。

しかし一方で、恩に被せられて云々は、多喜二が引け目を感じていたからこその過剰反応と思えないこともない。また、十代半ばの少年少女が芸能や芸術に憧れ、才能以上の夢を見ていたら「お前、世の中そんな甘くないよ」と大人が諭すのは、どこにでもある話だ。

学生時代のエピソードをつぶさにみていくと、それなりに青春を謳歌する姿が見えてくる。そもそも、本当の苦学生であれば、同級生と絵の展覧会を開いたり、小説や詩を作って雑誌に寄稿したりする暇があるだろうか？

結局のところ、後年、プロレタリア文学の書き手となってから綴られた「学生時代の思い出」は、かなり盛ってあるのではないかという気がしてならない。

とにかく、多喜二フィルターを外してみると、彼の少年時代はまさに「狭いながらも楽しい我が家」であり、親や親類の理解によって、同じ街に住む本物の貧困層よりはずいぶんとマシな生活を送っていたようなのだ。

そして、この「マシな生活」に対して盛らなければ気がすまなかった心理状態が、多喜二先鋭化の要因であり、彼を変死に導いた遠因であるように思うのだが、それに関しては後ほど触れることにしよう。

会社員生活から共産党活動員へ

中学時代から文学に興味を持つようになった多喜二は、大正十年に十八歳で小樽高等商業学校（現在の学制では商業短大に相当）に入学すると、盛んに短編小説を書くようになり、やがて志賀直哉に傾倒していく。当時の文学青年としては至って普通のコースだ。

基本的に凝り性で、一度はまり込むとトコトンまで追求しなければ気がすまない性格であったため、志賀直哉の作品を熟読し、徹底的に研究したという。この営為が、多喜二文学を「手段としての小説」ではなく「正統文学」にまで引き上げたことは言うまでもない。

そして、大正デモクラシー期に学生時代を迎えた青年らしく、社会主義思想に興味を持ち、大いに共感していく。これも当時の教養ある青年としてはごく一般的だ。

学友や教師からの評価も「真面目である一方、朗らかでユーモアも持ち合わせる好青年」と大変好意的で、少なくとも運動家にありがちな狷介さは持ち合わせていなかったようだ。学業も優秀だった。

だからだろう。第一次世界大戦後に起こった戦後不況が長引き、「慢性不況」と称された時代のただ中にもかかわらず、北海道拓殖銀行への就職に成功する。

その昔、銀行員は花形だった。しかも、拓銀といえば北海道では随一の都市銀行だ。

数十年前の世の中で銀行へ就職しようとすると、単に就職試験で優秀な成績を収めただけでは足りなかった。まず、学校側が成績や人柄も含めて人物を保証しなければならない。OBの口添えも必要だ。さらには、銀行側が本人はおろか家族の素行や財産状況まで調べる。不正をするような人間では困るし、家族に問題があると当人も横領などに手を出しかねないという判断がなされていたのだ。戦後になってもまだ「片親の家庭の子供は銀行員になれない」なんていうのが「常識」とされていた。現代の基準だと完全なる人権侵害だが、昭和の頃は銀行側のリスクヘッジとして当たり前に行われていたのだ。

多喜二の場合だって、伯父がパン工場で成功していたことも大きいだろうが、それでもやはり生家がある程度「間違いのない家」と判断されたので入行できたはずである。

つまり、本人が書き残しているような「赤貧洗う、と云ってもまだるっこい」状況にあったとは思えないのだ。やはり、セキが回想する通り、決して裕福ではないが、それなりにやっていける程度の収入はあったと考えるべきだろう。

これを裏付けるのが、多喜二とその家族の人柄を示すエピソードとして知られる二つの出来事だ。一つ目はこれ。

小林家はあまりにも家族仲良く、また幼い子もたくさんいる一家だったので、常にとても賑やかで、時には黙って店のものをもっていく――要は万引なのだが――人が相当いた。しかし、父の末松は「いつものことだから、いいんだよ」と平気な顔をしていた、と姉のチマが回想している。

これは、両親のおおらかで優しい人柄と一家の幸福を示すエピソードという文脈で紹介されているのだが、もし微々たる菓子店の収入が一家の暮らしを支えていたのであれば、どれだけ呑気な人でも決して万引を見逃さなかったはずだ。

多喜二は「駄菓子屋」という小品で、小商いで生きる老婆の姿を活写しているが、彼女は他の店で菓子が売れているのを見ると、それだけでイライラを抑えられなくなってしまう。自店の売上が掠め取られた気分になるのだ。生業というのはそういうものである。菓子店の売上で餬口《ここう》をしのぐ必要があったのなら、どれだけ大様な人でも万引に寛容ではいられなかっただろう。

そして、もう一つの逸話は、多喜二を語る上で避けて通ることはできない田口タキが関わっている。

田口タキは小樽の小料理屋「やまき屋」で酌婦をしていた女性だ。当時の酌婦は、ほぼ売春婦に等しい。もちろん、タキも例外ではない。

多喜二とタキが出会ったのは大正十三（一九二四）年の十月、多喜二は二十一歳でタキは十六歳だった。

貧困の末、親に売られ、酌婦に身を落としたタキに大いに同情した多喜二は、翌年にはボーナスを費やして彼女の借金を返し、身元引受人になって小林家に招き入れている。

この時の様子を、母・セキはこう語る。

年の瀬も押しつまった頃、多喜二はある夜私に相談があると言い出したのです。どんなことかと聞きますと、ある知り合いの娘さんのために年末賞与の内から二百円の金を恵んでやってもよいかと言うのです。突然のことなので、好いも悪いも一寸返答に窮しましたが、私は多喜二を信用していますし、多喜二も私を信頼してそうした相談を持ちかけたものなので、そこに何等の蟠《わだかま》りのあろう筈がありません。

（小林セキ『母の語る小林多喜二』より）

タキは多喜二の文学および人生に大きな影響を与えた女性として知られている。〝滝子もの〟と呼ばれる一連の作品の源泉でもあるので、多喜二を語る上で決して無視できない存在だ。だが、有島における秋子と違い、死に対してはほとんど関与していない。よって、彼女との恋模様については、ここでは触れないことにする。

だが、タキとの関係を通して見えてくることがある。

まず、大正末年頃の小林家の財政状態が、赤の他人に二百円も費やしてもなんとかなる状況だったこと。そして、二十歳を幾つか出たばかりの多喜二に宿っていた「貧者に対する過剰な思い入れと少々独善的なヒロイズム」だ。

実は、多喜二とタキが出会う二ヶ月ほど前、末松が心臓病で急死している。つまり、一家は大黒柱を失い、多喜二のサラリーが頼りだったのだ。そんな状態で、今の価値に置き換えると五十万円ほどになるお金を、見ず知らずの酌婦に使えるのは、やはりある程度の余裕がなければ無理だ。ここでもまた、小林家赤貧説にクエスチョンマークが付く。

それなのに、多喜二は著作の中で繰り返し自らが貧困プロレタリア階層の出身だったことを強調している。

ここに、多喜二のコンプレックスが透けて見えるような気がするのだ。

多喜二は確かに貧民街で生まれ育った。しかし、貧民街にいるからといって、全員が全員困窮しているわけではない。下流上層ともなれば、子を学校に行かせ、中流への切符を持たせてやることができる。おそらく、小林家が位置していたのはこの階層だ。赤貧という言葉が本当にふさわしい、タキのような女が属している下流下層ではない。

しかし、共産主義に傾倒していく多喜二にとって、中途半端な立ち位置はあまり歓迎できるものではなかった。

当時のインテリ青年らしく社会主義に共感していた多喜二が、それを通り越して共産主義に本格的に近づいていくのは、銀行員時代の大正十五（一九二六）年頃からだ。

この時期の日記を見てみると、主な内容はタキとの恋愛の悩みと読書記録がメインだが、初めてマルクスの『資本論』を読み始めたこと、また志賀直哉信仰を捨てプロレタリア文学に惹かれていく様子が見て取れる。

そして、最も興味深いのがこの一節だ。

九月二十一日
俺が赤貧洗う、と云ってもまだるッこい生活をしてきながらも、(親類のお蔭で)高商を出た。そのインテルゲンチュアーらしさが、当然与えるアリストクラティックな気持が、その「赤貧」という俺とごっちゃに住むようになった。俺のあらゆる事件に打ち当っての、矛盾、不徹底はこの「ごっちゃ」からくるようだ――丁度、あの二重国籍者のような!!

この「二重国籍者」という言葉が、彼の立ち位置を端的に示している。共産主義にシンパシーを感じながらも、銀行員というプチブル生活を享受している自分。

そこに現れた本物の貧困の犠牲者たるタキ。

彼女を救うことは、貧者への共感者としての自分を完成させることだった。同時に、己のヒロイズムを満足させることができる。

多喜二がタキにあてた、有名な手紙がある。


「闇があるから光がある」

そして闇から出てきた人こそ、一番ほんとうに光の有難さが分るんだ。世の中は幸福ばかりで満ちているものではないんだ。不幸というのが片方にあるから、幸福ってものがある。そこを忘れないでくれ。だから、俺たちが本当にいい生活をしようと思うなら、うんと苦しいことを味わってみなければならない。

瀧ちゃん達はイヤな生活をしている。然し、それでも決して将来の明るい生活を目当にすることを忘れないようにねえ。そして苦しいこともその為めだ、と我慢をしてくれ。

(中略)瀧ちゃんも悲しいこと、苦しいことがあったら、その度に僕のこの愛のことを思って、我慢し、苦しみ、悲しみに打ち勝ってくれ。


世間的には多喜二とタキの堅く麗しい愛が綴られた手紙、ということになっている。だが、私は初読時から、なんだか気持ち悪くて仕方なかった。タキ宛の他の手紙もそうだ。熱い思いがあるのは確かだが、妙に上から目線で、しかもなんだか独善的なのだ。手紙から透けて見えるのは、一人の女性を愛しぬこうとする決意ではなく、かわいそうな女を自分の手で引っ張り上げてヒーローになりたい男の願望だ。そうでなければ「俺の愛を思って今の苦しみを我慢しろ」とは言えたものではない。

実は、多喜二に引き取られた後の昭和二年、タキは自立を目指して家出する。このあたりの事情を書き始めるときりがないので今は出来事のみを書くに留めるが、おそらくタキはこんな多喜二に感謝こそすれ、男として愛することはできなかったのではないだろうか。己のヒロイズムのために自分を利用する男ほど、女にとってうっとうしいものはない。ちなみに、多喜二は日記の中で、タキに恋したのは彼女が美貌だったからで、ブスであれば関心を持てなかっただろうとはっきり書いている。何をか言わんや、である。

荊の城に閉じ込められていたタキ姫は、多喜二王子の手で城から出たが、その妻に納まるよりも自活の道を選んだ。そうさせたのは、おそらく多喜二の保護者ヅラだ。あれほど伯父の恩着せがましい態度を嫌った男が、これである。

さて、タキに去られた多喜二は、行き場のなくなったヒロイズムの矛先を貧困層に広げていった。プロレタリア文学、そして共産主義にどんどん接近していったのだ。

そうこうしているうちに、拷問死への最初のマイルストーンとなった出来事が昭和三年に起こった。三・一五事件である。

一九二二年にコミンテルン[注3]から承認された日本共産党は、国の弾圧に耐えきれず一九二四年に一度解党したが、一九二六年十二月にコミンテルンの協力を得て再び結党した。ちょうど金融恐慌の最中だった日本において、労農争議のほか、中国・山東への出兵に反対する対支非干渉運動を展開していくが、組織自体が非合法とされたため、活動は水面下で行っていた。しかし、動きを察知し

注3：コミンテルン［Komintern］
一九一九年、レーニン率いるロシア共産党を中心とする各国の共産党および左派社会民主主義者グループによってモスクワで創設された国際的な労働者組織。ソ連共産党指導のもとに世界革命を目ざす急進的な政策をとったが、一九四三年、ソ連の政策転換によって解散した。（デジタル大辞泉「第三インターナショナル」の記述より引用）

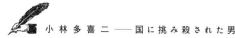

ていた当局は内偵を進め、一九二八年三月十五日に一道三府二十三県の共産党員とその同調者約千六百人を逮捕・勾留した。そのうちの千四百八十三名が治安維持法違反で起訴された。

この事件をきっかけに、当時の田中義一内閣は治安維持法での最高刑を懲役十年から、死刑もしくは無期懲役にひきあげ、全県警に特別高等課（特高）を設置することになる。長州出の軍人上がりだった田中義一は思想弾圧の手段に超法規的な「暴力」と「死」を加えたのだ。多喜二虐殺の主要メンバーに数えてよい。

この事件に大きな衝撃を受けた多喜二は、プロレタリア文学作家としての道を本格的に歩みだす。それは同時に、半端な自身を真のプロレタリアートに塗り替えていく工程でもあった。

上意下達の啓蒙的な社会主義と違い、当事者の運動である共産主義に入り込むために、多喜二は「貧困層に生まれた自分」をより強調する必要があった。それが、セキの記憶との齟齬の原因だと私は考えている。

プロレタリアートを目指す人間が、資本家の手先たる銀行員のままでいられるはずもない。代表作のひとつである「不在地主」を発表後、勤め先の拓銀から肩たたきをうけ、依願退職することになる。「不在地主」で拓銀の主要取引先を悪者として描いたためだ。これはある意味、多喜二にとっての「プチブルからの卒業宣言」だったといえる。だが同時に、懲戒免職処分でなかったことも確認しておきたい。銀行員としての彼は決して迫害されるばかりの存在ではなかったのだ。しかし、多喜二は共産主義者として先鋭化する道を選んだ。

ここから昭和八（一九三三）年の死までは一直線だ。

昭和四年、日本プロレタリア作家同盟が創立されると、中央委員の座についたが、この頃から特高の監視が強まっていく。労働者の団結と資本家・帝国主義者への徹底抗戦を声高に叫ぶ作家が放っておかれるはずがない。

三月に不朽の名作「蟹工船」を発表したが、四月には三・一五事件と並ぶ共産党弾圧事件である四・一六事件への関与を疑われて、初めて警察に勾留された。

昭和五年には上京し、当時プロレタリア文壇で名を馳せていた作家たちや共産党の主要活動員たちと交流を深めていく。そうした中、共産党への資金援助や「蟹工船」の不敬罪、さらに治安維持法違反などの罪に問われ、八月から四ヶ月あまり豊多摩刑務所に収監された。しかし、転んでもただでは起きない。獄中では読書や自己反省の時間を多く持つことで、文学者としての己の立ち位置を見直していたという。

本来の多喜二は、こういう内省的な青年だったのだろう。しかし、一度先鋭化にアイデンティティを据えてしまった以上、もう戻れなかった。

そして、昭和六年十月。とうとう共産党への入党が認められた。

ここに共産主義者・小林多喜二が完成したのだ。

ところが、どうしたわけか多喜二はそれから一ヶ月ほど後に、奈良県に住む志賀直哉に会いに行っている。白樺派文学に親しんでいた多喜二は、その中心的人物である志賀とは長らく文通を続けていたが、面会はこの時が初めてだった。「小僧の神様」ならぬ「多喜二の神様」だった志賀は、この邂逅を大変好意的に受け止めているが、なぜ多喜二は共産主義とは縁もゆかりもない志賀にこのタイミングで会おうとしたのか。会いに行くなら、それまでにもチャンスはあったはずだ。後付けと言われればそれまでだが、私にはこの時の多喜二の行動が暇乞いであったように思えるのだ。ある種の覚悟が、すでにできていたのではないか、と。

当時、特高による共産主義者への弾圧は熾烈になる一方で、多くの仲間とともに多喜二も拷問を経験していた。しかも、拷問内容はどんどんエスカレートしていった。世論が不法拷問にノーと言わなかったからだ。

　ほとんどの大衆にとって、共産党員は「天皇に逆らう怖い集団」だった。そんな連中が官憲によって殺されたところで痛痒を感じるわけもなく、むしろザマアミロと舌を出す者もあった。もし、それが国民全員の生活が壊れていく前兆だと気づいていれば、彼らもまた違った行動をとっていただろうか。

　昭和七年、特高の目から逃れるため地下生活に入った多喜二の生活を知りたければ、「党生活者」を読めばいい。

　多喜二は、懸命に理想を追っていた。しかし、この頃すでに死の運命はほぼ決まっていた。共産党員の中に特高のスパイがいたからだ。一人ではない。何人もいた。

　その中の一人、三船留吉《みふねとめきち》が多喜二を特高に売ったのは昭和八年二月二十日のこと。

　築地警察に拘引され、三時間以上に及ぶリンチを受け、多喜二は死んだ。

　その遺体の写真が残っているが、肌は変色し、顔は腫れ上がっている。どこをどう見ても暴力による変死だ。だが、警察は心臓発作による急死と発表し、マスコミもそれが嘘だと知りつつ、右から左に発表した。

世間はとりあえずそれを信じた。嘘だとわかっていても、自分に関係なければ、嘘でもよかった。

もちろん、怒りを覚えた者も少なくない。

志賀直哉は、日記に「警官に殺されたるらし、実に不愉快」「アンタンたる気持ちになる」と書き記している。

プロレタリア文学とは微妙な距離を保っていた広津和郎は、ひと月後に掲載した読売新聞の文芸時評に「小林の死が人々に与えた感動によって、恐らく彼の死は犬死ではないだろう」と功績を讃え、「この作者が死んでしまったという事は、余りにも理屈に合わなさ過ぎる気がする」と当時公に発表できる限界と思われる表現で追悼した。

プロレタリア文学とはまったくかけ離れた場所にいた川端康成でさえも、死の直後に出た『新潮』の文芸時評で遺作「地区の人々」を評価し、「とにかくこの作品は、私を明るくしてくれた唯一のものであった。生活の指標も希望もない、諸家の作品を読み疲れた私を救い出してくれたのは、やはりこの作品であった」と書き綴っている。他にも、多くの文士がその死を悼み、惜しんだ。

しかし、真実を明らかにし、違法な殺人を弾劾しようとする動きはついぞ起きなかった。

皆が皆、だんまりを決め込んだ。

その結果どうなったか。

十二年後に国土は焼き尽くされ、何百万もの人間が犠牲になり、大日本帝国は滅んだ。

先鋭化の先にあるもの

多喜二は死ぬべき人ではなかった。

多喜二を殺した国家権力と、それを見逃し許した民衆、つまり当時の大人たちに対しては厳しい批判の目を向けるべきだ。少なくとも私は明確に反面教師としたい。

だが、多喜二たちの運動に共感を覚えるかというと、そうでもない。むしろ、いずれにしても失敗に終わっただろうと思っている。

「個人的生活が同時に階級的生活であるような生活」をしながら、社会の変革をめざす。志はすばらしい。すばらしいが、先鋭化すると取り残されるのは庶民だ。

その庶民とは誰か。

タキだ。多喜二の側にいながら、彼の思想にはついていけなかった女性だ。

多喜二は彼女に結婚を申し込んだが、断られている。彼女には面倒をみなければいけない弟妹がいた。多喜二にも弟妹はいたが、世話をする人間は他にもいた。だが、タキは幼き者たちの生活すべてを引き受けなければならなかった。そんな人間にどうして共産主義運動に関わる余裕などあろうか。

そして、もうひとり、共産主義運動が取りこぼした庶民がいる。

多喜二を死に追いやったスパイ、三船留吉だ。

三船は東京の下町に育った労働者で、労働組合の活動を通じて共産党中枢部にいた源五郎丸芳晴と知り合い、彼の推挙を受けて共産党に入っている。彼は、共産党員が「実践現場」と呼ぶ街場の工場で働く労働者だった。多喜二がなりたかった立場にいた人間が、多喜二を裏切った。叩き上げの労働者は、思想より金を選んだ。

このすれ違いに、今も変わらぬ運動家と庶民の関係性が見て取れる。

多喜二は共産主義者であろうとするばかりに、己の過去をも修正しようとした。そして、愛する人にして本物の貧困を知る女性に「貧者の自覚を持て」と迫った。彼女の意思など関係なしに。運動家になった多喜二には、庶民の心が見えなくなっていたのかもしれない。

実際、彼の書く文章は死に近づくほど先鋭化していく。

それを読むたびに、私の脳裏をよぎるのは、Twitter論客と呼ばれる一群の人々だ。思想の左右問わず、Twitterで社会的／思想的な発言をする彼らは、フォロワーが増えるに従い、発言内容をより先鋭化させ、最終的には敵とシンパしかいない世界に閉じこもっていく。これまで、何人ものTwitter論客がその道をたどっていった。

声を出さない人々の支持が失われた時、その運動は内部から崩壊していく。たとえ、弾圧がなかったとしても、タキや三舩を繋ぎ止められなかった戦前の共産主義運動は、実を結ぶことなく落花しただろう。

だが、勘違いしないでほしい。私は多喜二ら共産主義運動に命を落とした人々が無駄死にだったと言いたいわけではない。むしろ、彼らの犠牲に最大限の敬意を払っている。累々たる屍の上に、民主主義や人権は成り立っている。これらを毛嫌いする不思議な人たちもいるが、彼らもまた、毛嫌いする思想に守られているのだ。

戦後、共産党は合法になり、政党として国政に一定の存在感を示し続けてきた。しかし、未だ広く国民の支持を受けるには至っていない。今なお党員の意識が「晩年の多喜二」に近いのかもしれない。

特高警察は公安警察と看板を掛けかえて温存されたものの、戦前の威勢は当然ながらない。だが、現在もとっくの昔に合法になった共産党の監視活動をしているそうだ。ご苦労なことである。

多喜二の作品を読み、その生涯を知ることとは、現代日本に広がりつつある病に対する処方箋になると思う。だが、このクスリはいささか口に苦い。好んで摂取する者はほとんどいないまま、病巣は深くなっていくばかりかもしれない。

志賀直哉ではないが、今、私は「アンタンたる気持ち」になっている。

BUNGO NO SHINIZAMA

岡本かの子

KANOKO OKAMOTO

鶴は美しく散る

岡本かの子（おかもと・かのこ）

小説家・歌人。明治22（1889）年、東京生まれ。昭和14（1939）年、脳充血によって死亡。享年49。代表作に『鶴は病みき』『老妓抄』、歌集『かろきねたみ』、随筆『観音経を語る』など。

岡本かの子は家事ができない女であった
おキン(妹)これ洗っておいて頂戴
ハイ
せまい家でよく柱や壁にぶつかった
ゴッ
女中にはすぐナメられいじめられた
ご自分でやってお見せくださいまし
それなら奥様
パパさん女中がひどいのよ
うーん
それは君が不甲斐ないのだろう
君の世話は来世はごめんこうむるよ
次の世は別々になろうじゃないか
わかったわ
聞き分けたようにみえたかの子は
～…
～～
…
仕事にならん
一晩中うなされていた
悪かったよ来世もつきあうよ
いじらしさに負けて一平はそう言い
お気の毒ね
かの子はさびしそうに笑ったという

本章の主人公は岡本かの子である。

おそらく、これまで取り上げてきた中では、現代での知名度がもっとも低い作家ということになるだろう。「誰、それ?」と思った向きもあるかもしれない。何となれば、彼女は教科書に載るタイプの作家ではないからだ。念の為、手元の国語便覧（二〇一五年発刊）を引いて見たが、記載はなかった。

しかし、私としては当初から本書に必要不可欠と思っていた人物だ。

なにせ、四十九歳の若さで夫と愛人たちに見守られながら生涯を閉じるという、エクストリームな死を迎えた人なのだから。

それなのに、連載中には最後の最後まで取り上げることはしなかった。

なぜか。

答えはズバリ、とにかく摑みどころがなかったから、である。

鵺《ぬえ》という妖怪を知っているだろうか。平家物語に登場する頭は猿、胴は狸、尾は蛇、手足は虎という謎の合成獣だ。異なる獣が複数混ざった姿のせいで正体がまったくわからないため、得体のしれない人間を「鵺のようだ」と表現したりするが、かの子の作品群はまさに「鵺」なのである。

一般的に、彼女はお嬢様育ちの趣味的作家であり、その小説は叙情的・耽美的で、文章は装飾過多だと評価されている。

――ある夕方。春であった。真佐子の方から手ぶらで珍らしく復一の家の外を散歩しに来ていた。――

復一は素早く見付けて、いつもの通り真佐子を苛めつけた。そして甘い哀愁に充たされながらいつもの通り、「ちっと女らしくなれ」を真佐子の背中に向って吐きかけた。すると、真佐子は思いがけなく、くるりと向き直って、再び復一と睨み合った。少女の泣顔の中から狡るそうな笑顔が無花果の尖のように肉色に笑み破れた。

「女らしくなれってどうすればいいのよ」

復一が、おやと思うとたんに少女の袂の中から出た拳がぱっと開いて、復一はたちまち桜の花びらの狼藉を満面に冠った。少し飛び退って、「こうすればいいの！」少女はきくきく笑いながら逃げ去った。

復一は急いで眼口を閉じたつもりだったが、牡丹桜の花びらのうすら冷い幾片かは口の中へ入ってしまった。


代表作「金魚撩乱」の一節だ。これを見る限り、世評はまあ的外れではない。

お別れしてから、あの煙草屋の角のポストの処まで、無我夢中で私が走ったのを御存じですか。あれはあなたにお別れしたくない心が、一種の反動作用を、私の行為の上に現わしましたの。それから私、走りながらも夢中の夢のように考えましたことは私がもし一寸でもふりかえったら私はまたあなたの方へ……いえついにあなたへ走りかえって、永遠にあなたから離れられない、あの月夜の、月の雫が太く一本下界に落ちて、そのまま停ったように真新らしく白く木肌をかがやかした電柱の下にしょんぼりと私を見送ってたっていらっしゃったであろうあなたのおそばから。

この、胸焼けを通り過ぎて即胃潰瘍になりそうなほど甘ったるい悪文は「或る男の恋文書式」という掌篇の一部だ。文法も無茶苦茶だし、いくら恋文っていってもこれはあんまりだが、おそらく世人の思う「かの子らしい文章」はこんなところだろう。

ところが、である。エッセイでは、まったく違う顔が現れる。

これは無産階級風に描かれたニースの花祭だ。市長就任式の行列《プロセッション》が新市長と官飾《デコレーション》を連れ忘れただけだ。ランカシャの工服を着た象牙画《ミニチュア》のような少女が荷馬車《ホースドロウヴァシ》の上で笑顔をつくって叫ぶ。Down with the British Empire（大英国を倒せ）とシークな事よ。行人の拍手。

英国では伝統を破ろうとするものはやがて伝統に捉えられる危険がある。発生の早い英国のメーデー[注1]は既に今日歴史を帯ばされて年中行事的に図案化した。無産思想を通じての有色人種と白人との国際的提携を象徴しようとして赤髪の美婦人は灰面の埃及人[注2]と腕組みして行く。だがそれを褒める倫敦人[注3]に彼等の意味を殖民地博覧会[注4]の門冠彫刻以上に汲み取らし得るかは疑問だ。

それほどこの行列は内容を脱却した英国人通弊の趣向偏重に陥って居る。儀礼的の形式主義《フォーマリズム》に力の角々を嘗め丸められている。すべてこの国では、妥協が貫徹への最短距離なのだ。英国気質の通則以上に表現を露出することは更にそれに打ち勝つ力を弱めることなのだ。自ら進んで伝統の上に位置を占めることがむしろ既存伝統の棄却を完[注5]からしめることになるのだ。

（「英国メーデーの記」より）

これを初めて読んだ時、私は舌を巻いた。渡英中に実見したロンドンのメーデーの行列について、非常に理知的に描写しているだけでなく、加えられた分析がまことに的を射ているからだ。眼前での出来事を正しく社会情勢に結びつけ、英国民の国民性を鮮やかに切り取っている。就中、「すべてこの国では、妥協が貫徹への最短距離」なる指摘は慧眼というしかない。ブレグジットの混乱がよい証拠だ。現代に通じる的確な文明批評である。

このような文章を、単なる世間知らずの耽美主義者がものせようはずがない。付け加えると、先に引用した「或る男の恋文書式」もアイロニーに満ちたどんでん返しがあるので、カルピス原液を煮詰めたような文章は「男の子ってこういうのが好きなんでしょ」とやってみせているだけだ。

さらに、世俗の生活に関しても次のような穿った見識を残している。

仏教を非常に消極的なものに考えて衣、食、住のごときも貧弱一方にするのが功徳のように思っている人があります。これは誤っています。むろん奢り贅沢はいけませんが、身分不相応な切り縮め方をして、子供や使っている人を、営養不良色にして得意になっているのは、これまた贅沢の一つです。吝嗇贅沢といいます。

一口にいえば、適時、適処、適事情の三つの条件に当てはまるのがよろしいのです。

（「仏教人生読本　第一二課　衣食住」より）

注1：メーデー［May Day］
毎年五月一日に開催される国際労働日のこと。「労働者の祭典」ともいわれ、労働者の経済的社会的向上を訴える集会やデモ行進などが行われる。一八八六年五月一日に合衆国カナダ職能労働組合連盟が決行した、八時間労働制を要求するゼネラル・ストライキを起源とし、現代では世界各国に広がっている。

注2：埃及
エジプトの漢字表記。

注3：倫敦
ロンドンの漢字表記。

注4：殖民地博覧会［Colonial exhibition］
十八世紀に始まった万国博覧会は、十九世紀半ば過ぎより欧米列強が植民地の珍しい風物を紹介することで国威を示す場になった。元は万博の一環だったが、一八八三年にアムステルダムで行われた万博から「植民地」の言葉が使われ始め、一九四八年にベルギーで開催された「Foire coloniale」が最後となった。戦前の日本でも数度「植民地博覧会」と名付けた博覧会が開かれている。

注5：完《まった》からしめる
完遂する、終わらせる、の意味。「業務を全うする」の「全《まっと》う」と同じ。

ありきたりといえばありきたりな人生訓ではあるが、世俗の生活に関して常識的感覚を持ち合わせていたことが窺える。それに、「吝嗇贅沢」なる命名はなかなか気が利いているではないか。ついでに指摘すると、ラストの一文は釈迦の「中道」の精神をわかりやすく生活に落とし込んだ表現であり、読者層によって臨機応変に文体や比喩を変えられる力量の持ち主だったこともわかる。

さて、もし引用したこの四つの文章を、なんの断りもなく目の前に差し出されたとして、果たして同じ書き手の文章だと一体どれほどの人間が気づくだろうか。

私はたぶん気づけない。

「金魚撩乱」は谷崎潤一郎かぶれの作家志望、「或る男の恋文書式」は古《いにしえ》の文学大好き女学生、「英国メーデーの記」は新聞社の特派員、「仏教人生読本　第一二課　衣食住」は道学先生が書いたと思ったことだろう。

文体もテーマも、とにかくバラバラだ。共通点がない。文章から滲み出る人格の変幻自在は、かのビリー・ミリガンも真っ青である。文豪が文章に巧みなのは当たり前の話だが、ここまで書き分ける人は珍しい。太宰治なんかにはあの「女生徒」があるじゃないかと思うかもしれないが、あれはリアル女生徒が書いた元ネタをリメイクしたものだ。お手本の文体があったわけで、すべて自分の風呂敷から出してきたかの子作品とはわけが違う。

こんなわけで、どれだけ作品を読んでも、彼女の人となりについて何らかの稿を起こせるほどの確信はまったく得られなかった。むしろ、読めば読むほどわからなくなっていったのだ。

白状すると、当初の予定では「超ナルナルのスキャンダル女王が夫と愛人たちに見守られて死にました♡」みたいなところを、ゲスにおもしろおかしく書くつもりだった。ところが、途中からどうもそうはいかなくなっていった……というより、依然としてメインは「超ナルナルのスキャンダル女王が夫と愛人に見守られて死にました」であるのは間違いないのだが、ただそれだけの話で終わらせられないことがはっきりしてきたのだ。

この人は一体何者なのだ……。

にっちもさっちもいかなくなって、本人の作品中からそのパーソナリティを推測するいつもの手法は、ひとまず諦めた。若干邪道ながらも、同時代人が彼女について書いたものを拾っていくことで、外堀から埋めていくことにしたのだ。

だが、結論からいうと、それは失敗だった。むしろ、私のかの子像探しはますます混迷を深めてしまうことになったのである。

ホンモノの美女、文壇に降臨

さて、ここでひとまず岡本かの子のプロフィールを、箇条書きで見てみよう。

本名・岡本カノ。旧姓・大貫。

歌人にして小説家、そして仏教研究家。

神奈川県に広大な地所を持つ旧家に生まれ、乳母日傘で育ったお嬢様。

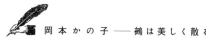

学芸ともに優れた才女。ただし生活力はゼロ。

家族にも、他人にも熱烈に愛される。同じぐらい、強烈に嫌われる。文学的評価も然り。ブレまくる。

夫は戦前に一世を風靡した漫画家・岡本一平。一人息子は「太陽の塔」や「明日の神話」でよく知られる世界的芸術家・岡本太郎。

こうして列記すると、ずいぶん恵まれた人生を送った女性だという印象を受ける。

実際、恵まれていただろう。結婚後の数年を除いては。

その数年が大貫カノを岡本かの子に変容させたのは間違いないところだが、今はそこを飛ばし、死の約二ヶ月前のかの子まで一気に下ることにする。

昭和十三年。四十九歳のかの子は、二年前に積年の念願だった小説家デビューを果たし、新進作家として破竹の勢いを見せていた。ただし、毀誉褒貶は激しかった。

かの子が影響を受けたとされる谷崎潤一郎は読むに値しない駄作と切って捨てた。一方、小説家にして文芸評論家の林房雄は「岡本かの子は森鷗外と夏目漱石と同列の作家である」とまで絶賛した。川端康成もかの子の才能を認めた一人だった。

だが、世間は、作品そのものより、彼女の特異な性格と生活により強い興味を持っていた。「エキセントリックなナルシスト」というのが一般的な評価であり、道徳的にふしだらで何をしでかすかわからない女という認識が広がっていたからだ。

小説家になる前後のかの子が、世間にどんな姿を見せていたか。それについては、かの子と関係が深かった吉屋信子に語ってもらうことにしよう。

ある時、新聞社の講堂に文芸講演会が催され、その講師のなかに岡本かの子があった。（中略）夫人が壇上に現れた、お化粧はいつものように念入り綺麗によそおってそれこそ丹花の唇、これは天与の大きなまるい眼をじっと見張って、

「……人間はじぶんを生涯かけて自分自らクリエートしてゆくもので……そのクリエート」

ここで人間の精神形成の要を説かんとして意あまって言葉足らぬ哀しみに眼はますます大きくつぶらに――しばらくじっと壇上にたったまま……いくらか娯楽気分で集まったその日の聴衆はクリエートの連発に中毒した顔でつまンなそうである、けれども壇上に泰然自若と立ったまま、一語も軽くは発せず心に湧き出ずる真実の言葉を待つごとく夫人はいつまでも黙して立っている。

（吉屋信子「逞しき童女」より）

小太りで厚化粧の中年女性が、「クリエート……」とつぶやきながら壇上で陶然と立っている。吉屋信子の観察では、聴衆はつまらなさそうにしていたらしいが、もし私がそこに居合わせたら「え、これなに？　まじ？　ヤバくね？」と脳内ギャルが励起し、小鼻と瞳孔をおっぴろげてワクテカしたことと思う。

だって、これ、直に見たら絶対おもしろいに決まっている。ほとんどコントである。

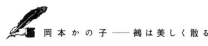

そうそう、念のために申し添えておくが、中年になったかの子の容貌はお笑い芸人のブルゾンちえみさん（現在は藤原史織に改名）のコント用フルメイク時に近い。体形は同じくお笑い芸人のゆりやんレトリィバァさんを一回りほど小さくした感じだ。そんな女性が、壇上で一言「クリエート……」と呟いたまま、後は黙して固まっているのである。『R－1ぐらんぷり』に出場しても、結構いい線に行くのではなかろうか。

だが、当のかの子は大真面目……というより、特段芝居がかったつもりもなく、ごく自然な振舞いを見せていただけのようだ。後日、舞踊家・岩村和雄[注6]の門下生の一人として築地小劇場で開催された公演会に「舞踏家」として出演した際には、さらにエキセントリックな姿を披露しているのである。

再び、現場を目撃した吉屋信子に証言してもらおう。

プログラムは進んで岡本かの子……あの葡萄のマークの幕が上ると仄暗い舞台の中央にスポットライトが当るなかにま白き幅ひろき布を半身斜にかけまとうて、三分の一裸身素足の女身がタンバリンを持った片手を上げて出現した。その手がきわめて緩慢にいちどにど動きタンバリンがかすかに鳴ったがそれなり彫像のごとく動かない。

わたくしの後方の席にいた中年の婦人がつぶやいた「あれなに？　外国の活人画[注7]？」

やがて幕は降りた。ほんとにそれは荘厳なる一種のタブロウ・ヴィヴァンの感だった。わたくしはほっと吐息して席を立った。

（吉屋信子「逞しき童女」より）

思うに、かの子はまったく踊れなかったのだろう。しかし、著名人で、おそらく岩村舞踏教室のパトロンでもあったかの子が舞台に出たいと希望したら、それを無下にするわけにもいかない。活人画パフォーマンスは、岩村畢生の打開策だったのではないだろうか。

ほら、活人画なら一応、アートって強弁できるし。

そうと類推できる教養あるご婦人方も会場内にはいたわけだし。

まあ、なんというか、芸術は機転だ。

ちなみに、築地小劇場は岩村のホームというべき劇場であり、本気のダンサー志望者や後世に名を残す偉大なダンサーたちが鎬《しのぎ》を削る場でもあった。そこにド素人が立つというのだから、大した心臓である。

注6：岩村和雄
明治三十五（一九〇二）～昭和七（一九三二）。大正から昭和初期にかけて活躍した舞踏家。十八歳で米国に留学し照明技術を学んだが、後にドイツに渡り、最新のモダンダンスを習得した。帰国後は日本の現代舞踊界を席巻し、多数の弟子を育てた。

注7：活人画
十八～十九世紀の欧米で流行したアート。演者が無言静止の状態で名画や歴史上の名場面を再現する。タブロウ・ヴィヴァン［Tableau vivant］はそのフランス語。

だが、かの子は自らの美がそこで最大限に表現されたと信じて疑わなかっただろう。

美魔女？　ロリババア？　そんな安っぽいものではない。

取り繕った美ではない、内面からも外見からも等しく滲み出る天然の美。太っていようが、厚化粧だろうが、芝居じみていようが、かの子のすることであれば、すべては美に昇華される。

かの子は本気でそう思っていた。

かの子には正真正銘の揺るぎない自己肯定力があった。最近のポジティブ・シンキングのような甘っちょろいものではない。もっと足腰の座った、本物の肯定感が彼女の全身を覆っていたのである。

かの子の「美」は本人とその崇拝者にとっては宇宙の真理であり、強大な力だった。そして、その力は一部の人たちにはとてつもない魅力として、老若男女を選ばず作用した。

それを十全に証明したのが、まさに「かの子の死」であったのだ。

彼女が死に至る病を得たのは昭和十三年十二月十二日のことだ。

場所は東京の自宅ではなく、三浦半島の景勝地である油壺の旅館。伴としていたのは一平ではなく、慶応大学に通う学生だった。もちろん、女性ではない。

海に近い冬の宿でかの子は三度目となる脳充血の発作を起こし、倒れた。辞書によると、脳充血の症状は次の通り。


脳疾患や著しい高血圧などで脳循環の自己調節機序が破綻し脳の細小動脈が拡張した場合や、

心不全などで脳からの静脈灌流が障害された場合に生ずるもので，頭痛，嘔吐，痙攣，意識障害などをきたす。

（「デジタル版世界大百科事典」より）

さて、お立ち会い。

しつこいが、この時のかの子は四十九歳です。

年齢不相応に若く美しく見える女性もいるにはいますが、かの子はそうではありません。付き合いのあった作家・円地文子の言を借りるならば、その容姿は「グロテスク」でさえあったそうです。

そんなかの子が、ですよ。

大学生、旧制大学だから二十歳は超えていたと思うけれども、それにしたって三十近く年下の若者と泊りがけで逢引きしていたってんだから、驚くじゃあありませんか。

それだけじゃあない。

このランデヴー、夫の一平公認であったわけです。岡本夫婦はある時を境にいわゆる夫婦関係は一切断ち、かの子は自由に男性と付き合っていました。もちろん、大人の付き合いで。しかも、相手はみんな年下。一部は岡本家に寄寓し、妻妾同居ならぬ夫燕同居生活を送っていました。

ちなみに、私は今年、かの子の享年と同じ年齢になります。

つまり、死の間際のかの子を、まんま自分に当てはめて考えてみられるわけです。

だから、考えてみたんですよ。

ハタチそこそこの男の子と、海辺の宿に不倫旅行をしてみたいかどうか、を。

答えは、Non!

ことは愛の話なのでフランス風に答えてみましたが、本当に、心の底からしたくない。麗しき中年男性ならやぶさかでも……と書きかけて、それもちょっとなあ……。

何をどうシミュレーションしてみても、この年になってめくるめく秘め事に身を投じるなんて、正直めんどくさい。まして「ハタチそこそこの男の子」ですよ？　話をしてもおもしろくないだろうし、洗練されたエスコートなんて期待できるはずがありません。唯一のとりえである若き精力も、こちらにそれに付き合う気力体力、そして肝心カナメの色気がない限り、宝の持ち腐れです。

そう思うと、かの子、半端じゃない……。

彼女にとって、恋はまさに命の煌きであり、華やぎだった。

一般的な女性であれば、知命を前にすると枯れるとまではいかないが、一から恋の花を咲かせるには相当な努力を払って心身ともに回春しなければならないだろう。しかし、かの子に回春は不要だった。バリバリの現役のまま、生涯を過ごしてきたのだから。

脳充血の主な原因は高血圧だそうだが、この時の高血圧は体形ゆえの慢性病か、それとも高血圧になるようなことをしていたためか……。今となっては藪の中だが、なんとも元気というか、若々しい——いや、そうじゃないな。むしろ「男性的」というべきなのだ。自らの年齢を顧みず恋ができるのは、ある意味男性の特権だ。

人間としての価値を容姿と年齢でジャッジされ続ける女性は、自らを「恋」というフィールドには不適格な存在と判断し、舞台を降りてしまうタイミングが男性よりもずっと早い。稀にいくつになっても恋愛体質という女性は存在するが、彼女たちはおしなべて根っこが男性的だ。どれだけ女っぽく振る舞っていても、精神的な部分では男前であることが多い。

通俗的な男女論を振りかざすつもりはないが、人生を耐え続けてきた女性が狂い咲き的に恋にハマるパターンは別にして、絶えることなく恋の季節に身を置けるのは男性性に依拠するものだ、と思う。ソースは、長年の見聞による、程度なのだが。

いずれにせよ、普通の家庭なら嫁が間男中に倒れましたとなると大騒ぎになろう。もちろん、岡本家も上を下への大騒ぎになった。ただ、大騒ぎの色合いが違った。

一平は、我が女神が倒れたというので、大いに動揺し、狼狽えたのだ。彼とその息子の太郎にとって、かの子の絶命は地球の破滅と同じ意味を持っていた。太陽が明日昇らなくなると告げられるに等しかった。ふたりの世界は、かの子を中心に動いていたからだ。

何を馬鹿な、と思うかもしれない。だが、この家族に限っては、全然馬鹿な話ではないのである。

というわけで、この後は、かの子にこのような死を許した家族と彼女自身の性格について、もう少し深掘りしていきたい。

かの子菩薩・ライジング

岡本かの子の死に様は、世間の常識に当てはめると大変なスキャンダルである。

それは間違いない。

だが、等身大のかの子を知れば知るほど、決して「醜聞」ではなかったと確信するようになる。なぜなら、彼女は理解者に支えられながら、ただあるがままに生きようとした結果、たまたまああいう最期を迎えたに過ぎないからだ。

かの子の死に様は、誰よりもピュアだ。そして、あの死に様を招いたピュアネスを誰よりも愛し、尊んでいたのが、夫の一平だった。

昭和を代表する漫画家のひとりで、一平の弟子でもあった杉浦幸雄は、かの子の人格を「稀有の芸術性を持ち、童女でいながら大母性」と表現している。そして、一平がかの子を観音菩薩と崇め奉っていた、と。

杉浦の、夫婦への立ち位置は明確で、一平への傾倒は大変なものだが、かの子には微妙に距離を置いている。内弟子ではないため四、五回しか会ったことがないというし、彼自身かなり保守的なタイプであるようなので、かの子を絶賛する気にはなれなかったのだろう。

しかし、そんな彼でもカリスマ性にはあてられたようだ。

ある日、私に、

「あなたはまだ若いから、わからないでしょうが、人間、四十をすぎると『いのち』に突き当たりますよ」と、おっしゃいました。


（岡本一平『へぼ胡瓜・どじょう地獄』解説より）

わからないと頭から決めつけるなら言わなきゃいいのにと思わないでもないが、おそらくこの瞬間のかの子には、夫の若き弟子にいのちについて諭しを与えなければならないという、止むに止まれぬ衝動があったのだろう。

かの子は瞬間瞬間の気持ちに極めて忠実だった。ゆえに他人からは勝手気ままと思われた。しかし、真実のかの子は極めて論理的な人間だ。ただ、その論理の道筋が量子コンピュータ並みにブラックボックス過ぎて、他人には理解しがたいだけなのだ。

それは最大の理解者であった一平も例外ではないらしく、杉浦にこの発言の真意を尋ねられても、答えることができなかった。

弟子の質問には、いつも即座に当意即抄《ママ》、快刀乱麻の名答が冗談まじりに返ってくるのに、その時はびっくりされたように私を睨み、うーんと唸りながら大真面目で、

「うーん、『いのち』ってのはな、うーん、あまりに貴くてな、うーん、ギョロッとしたものなんだよ、うーん」

と、いいながら両のこぶしをグーチョクパーのグーのようにして突き出し、小指の方から一本づつ《ママ》指を開いてパーの形にしましたので、ますますわからなくなるばかりです。

（岡本一平『へぼ胡瓜・どじょう地獄』解説より）

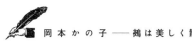

きっと、かの子を何があっても支えると決めて以来、一平はずっとこの調子でやってきたのだろう。妻は突然理解不能のことを言い始める。だが、それがどんな内容であったとしても、絶対に否定せずに受け止める。

もし相手が条件つきの好意なら、いかに懐きよりたい心をも押し伏せて、ただ寂しく黙っている。もし相手が無条件を許すならば暴君と見えるまで情を解き放って心を相手に浸み通らせようとする。とかくに人に対して中庸を得てないわたくしの血筋の性格である。生憎とそれをわたくしも持ち伝えてその一方をここにも現すのかと思うとわたくしは悲しくなる。けれども逸作は、かえってそれを悦こぶのである。「俺がしたいと思って出来ないことを、おまえが代ってして呉れるだけだ」

こういうとき逸作の眼は涙をうかべている。

（「雛妓」より）

一平のこの姿勢があったからこそ、かの子の人格が捻れたりしぼんだりすることはなく、才能は無事開花した。

しかし、所構わず相手も選ばず発揮される天衣無縫は、アンチを生む原因にもなった。

たとえば、こんなエピソードがある。

ある日、婦人雑誌の主催で座談会が開かれ、かの子がメンバーとして招かれた。

その帰り、用意された自動車に同乗した林芙美子と吉屋信子は、かの子の家の近くまで来た時、家事を取り仕切っている老女が、雨の中傘を持って家に入る角の道でじっと待っているのを発見した。今と違って、通信手段がない時代の話である。いったい、老女はいかほどの時間、そうして立っていたのだろうか。

吉屋はその献身に感銘を受け、素直に言葉にした。

すると、かの子は応えて、

「愛があるからよ、あのひと（老婢）はわたくしを愛しているのよ！」

荘重な口調で告げて車を降りてゆかれた。

そのあとで林さんはいきなりわたくしの肩をポンと叩いて「愛があるからよ、わたくしを愛しているのよ」と口真似をしておよそおかしくて面白くてたまらぬように小さい身体をゆすって高い笑声をあげ「あのひとはなんていつまでお嬢チャンなんですか！」とまた笑った。

（吉屋信子「逞しき童女」より）

このエッセイを見つけたのは、林芙美子について調べていた時である。一読し、三者三様の性格や境遇がギュッと煮凝ったようなやりとりを正確に切り取る吉屋の選択眼と、かの子の変人っぷりを擁護しているように見せかけながら暴露するフレネミー[注8]っぷりにつくづく感心したものだった。

吉屋が描写するかの子は確かに相当浮世離れしているし、それを嘲笑う芙美子は文壇敵の多い人間ナンバー・ワンの名に恥じない態度を取っている。でも、どう考えたって一番人が悪いのは吉屋だ。

吉屋は「幼少から苦難辛苦の生を経てわが道を開いた」林さんには、無償の愛を信じて疑わないかの子が「理解の外にあった」のだろうと理解を寄せている。一方、自分はかの子の言葉を「真実溢れてこぼれた花びら」のように受け取ったと、一人でいい子になっているのだが、前後の描写に隠しきれない小姑視線が見え隠れする。要するに、無作為を装って、二人の先輩を盛大にdisっているのだ。

もちろん、吉屋の分析は正しい。嘘もない。誰よりも先に吉屋の文才を見つけ、認めてくれたかの子を姉とも母とも慕っていたのも本心だろう。ただ、底の底では、好きになれなかったのだ。たぶん。

なぜなら、かの子は、ただそこにいるだけで、無償の愛を知らない人間のコンプレックスを刺激するタイプだからだ。

芙美子はもっぱら奉仕する側だった。家族が芙美子の文筆活動を大いにサポートをしていたという点では、二人は似た境遇だったともいえる。だが、決定的に違うのは、芙美子の場合、彼女が稼ぎ手であったからこそのサポートだった点だ。これに関しては芙美子の章を読んでいただければと思うが、彼女は終生無償の愛を知らぬまま、彼女を搾取し続ける人間に囲まれていた。

吉屋信子は幼い頃、旧弊な父との関係に苦しんだ。また、レズビアンであったがために、愛する人との関係を大っぴらにすることはできなかった。両親に溺愛され、結婚後は夫公認の恋人たちと時間を過ごしていたかの子とは大違いだ。

かの子は、この時代の女たちが――いや、今の時代でも女たちが欲してやまない「全肯定の愛」を、ずっと浴び続けていた。芙美子や吉屋が決して得られなかった境遇を、かの子は生まれた時から享受し、ゆえに愛を信じる強さを持っていた。

この差は、本当に大きい。

かの子アンチは、その強さに本能的な劣等感を覚え、劣等感を糊塗するため無意識に嘲笑を選んだのだろう。己の劣等感を認めたくないがゆえに相手を貶めようとする人は、いくらでもいる。むしろデファクト・スタンダードかもしれない。

かの子はたびたびこの手の「嘲笑」にさらされ、相応に苦しんでいた。一平や息子の太郎が観音と称えるかの子が、時には他人の悪口を撒き散らす俗人ぶりを発揮していたと吉屋は剔抉《てっけつ》している。決して人格者ではなかったとバラしているのだ。

しかし、それでもかの子は特別だった。

彼女は、自分へ向けられる悪意は、その人間の内に潜む劣等感の発露だと本能的に悟っていた。「いくらつらく当たられても私には問題はない。相手の心の問題だ」と自然に理解していた。だか

注8：フレネミー［frenemy］
friend（友人）とenemy（敵）をかけ合わせた造語。友人のふりをする敵対者や、好意的に見せかけて、実は相手をおとしいれようとする人をいう。元々は中国とロシアの外交関係を揶揄して作られた言葉だったが、その後一般的な人間関係にも用いられるようになった。

ら、必要以上に傷つかなかったのだ。
とはいえ、たまには我慢ならないこともあった。

私はその境遇にあまえて私の芸術にあそび気ままにお金ばなれの好い暮らしをして居ると非難がましくいうひとがあるそうです。
芸術は懸命な努力と奇特な志がなければどんな境遇に居ても決して行われるものではありませんね。私の芸術が明快であり放胆華美であり肩肘あげて人生の厳粛呼ばりをことさらにしないといって、あそびなど言う人こそかえって厳粛ごっこのあそびをしている気障な本当の苦労をしない人の言うことでしょう。

（「一平氏に」より）

ブサイクだ、服の趣味が悪い、化粧が下手だというような高校生レベルの悪口は聞き流せた。だが、自分の創作活動を、金満夫人の道楽扱いされるのには黙っていられなかった。肩肘を張った芸術でないと認めないような連中こそ、厳粛ごっこで遊んでいるだけの苦労知らずと喝破しているのは、なかなか痛快である。

お嬢様、いかにして観音になりしか

かの子は自身を苦労人だと考えていた。

根拠は子供の頃に近所の子供に受けたいじめ、友達のできなかった学生時代、そして一平の放蕩に悩まされた新婚時代の経験にある。

特に、二十代は試練続きの暗黒時代だった。

一平の熱烈な求愛に応えて結婚し、太郎を出産するも、一平は独身時代の生活を変えようとせず、収入は不安定なまま。家政がまったくできない上、初めての子育ても重なったかの子はただ呆然とするばかりだった。

さらに実家の破産、かの子を溺愛していた長兄の病死、一躍人気漫画家になった一平の遊蕩三昧、そして最大の庇護者だった母の死と、これだけの出来事がたった二、三年の間に起こったのである。どれだけ強い人間でも、さすがに精神的に参るはずだ。まして、お嬢様育ちのかの子に耐えられるはずもない。

だから、かの子は逃げた。文通していた大学生・堀切茂雄との恋愛に身を投じたのだ。

茂雄との恋の顚末について、ここでは詳しくは書かない。事実関係だけを列記すると、二人の恋は燃え上がり、やがて一平の知るところとなった。だが、一平は二人を咎めるどころか、自宅での同居を勧めた。茂雄との関係は三年ほど続き、その間にかの子は二人の子を産んだ。子供たちは里子に出されているため、茂雄との間に出来た子だろうと見られている。ただし、茂雄との恋も順調ではなかった。あろうことか、かの子の妹が茂雄と親しくなったのだ。かの子は嫉妬に狂った。貧苦、二度の出産、子育て、恋の修羅、実家の不幸。

波状攻撃をうけ、三度目の出産を終えたかの子の精神が音を上げた。次第に言動がおかしくなり、ついに神経衰弱と診断され、精神病院に入院した。

この時、かの子二十四歳。

ちなみに、「神経衰弱」は近代文学に頻出する単語だが、現在では病名として使われることはほとんどない。辞書によると、「心身の過労による中枢神経系の刺激性衰弱の状態とされ、疲労感、頭重、頭痛、過敏、不眠、集中力低下、抑うつ感などの症状」をこう呼んだそうだ。今でいううつ病である。

ただ、かの子の場合、単なる抑うつだけでなく、奇矯な振る舞いをするようになったようだ。精神が崩壊寸前だったのだろう。

あなた様が、青山の家をお訪ねくださった時には、こうした私が、下町の或病院の二階の窓から、大きな澄んだ秋の月を見上げて「あれ、お月様が狂者になった。いまに私を呑みにくる……」と云っては泣き、「あれ、あれ、あの女がまた、私の生血を吸いに来た。私のこの真赤な恋の若い血を妬んで、あの醜い女が、汚い紫色の唇をして、真っ黒な大きな口をあいて、あれ、あれ、あそこへ……」などと普段から私の恋をのろうている女の名など呼び続けたりして、いた最中なのでございます。

（「病衣をぬぎて」より）


耽美な文学的表現に満ちているが、実際の狂態はこんなものではなかったらしい。一平に代わって面倒を見ていた茂雄の心も削られていき、二人の仲はどんどん壊れていった。

事態ここに至って、ようやく一平は目を覚ました。

自らの放蕩と無責任が家庭崩壊を招き、あれほど欲しかった女が壊れてしまった。

すべては、自分のせいだ。

興味深いのは、ここで一平がパウロ[注9]並みの回心をしたという点である。

以後、一平は、自らかの子の下僕、そして使徒となった。献身はかの子が死ぬまで揺るがなかった。

とは言え、決して女性崇拝者になったわけではない。ただかの子ひとりを大事と定めただけだ。

ここで比較してみるとおもしろいのが、谷崎潤一郎の女性崇拝である。

谷崎は「春琴抄」や「痴人の愛」などでたびたび一人の女性に盲目的に仕える男を描いているが、根底にあるのはリビドーだ。要するに、女は自分の性的欲望を満たすための道具であり、献身は欲

注9：パウロ［Paulos］
?～六五年頃。キリスト教の使徒・聖人。ユダヤ教徒としてキリストの信奉者たちを迫害していたが、キリストの声を聞き、奇跡を体験したことで劇的に回心し、残りの半生をキリスト教の伝道に捧げた。

望の一形態に過ぎない。だから、両者ともにマゾヒスト文学として読まれる。もちろん、谷崎もそのつもりで書いている。

しかし、一平の献身は違う。なぜなら彼は、献身の第一歩をかの子を性の対象から外すことから始めたのだ。退院後、二人は一生性的関係を持たないと固く誓った。

その上で一平は、かの子の言うことならなんでも聞き入れると決心する。かの子の母や兄の代わりを全力で務めることにしたのだ。かの子は、家族の死によって一度は失われた「全肯定者」を再び得て、精神の安定を取り戻していった。

苦しめば苦しむほど人生に洗練される。洗練されたものには、和やかさ柔かさ、上品な明快さがひとりでにそなわる。二日も三日もご飯をいただけなかった境遇から二人が一生懸命人生を厳粛に暮らしたために、この頃のようなお金ばなれの好い暮らしになったこともあまり人は知らない。過去の色々な苦痛に洗練されて私は、実に柔《やさ》しく素直に明るい娘の子の様な女になりました。

(「一平氏に」より)

一平によって、一度は捻れかけたかの子のナルシシズムは、再びすくすくと育ち始めた。かの子のナルシシズムは向日性で、稀に見る健全性を持つ。

荒い銘仙絣の単衣を短く着て帯の結びばかり少し日本の伝統に添っているけれど、あとは異人女が着物を着たようにぼやけた間の抜けた着かたをしている。

――ね、あんたアミダ様、わたしカンノン様。

と、かの女はやわらかく光る逸作の小さな眼を指差し、自分の丸い額を指で突いてちょっと気取っては見たけれど、でも他人が見たら、およそ、おかしな一対の男と女が、毎朝、どこへ、何しに行くと思うだろうとも気がさすのだった。うぬ惚れの強いかの女はまた、莫迦莫迦しくいいひがみやすくもある。

（「かの女の朝」より）

このシーンは、かの子自身が自らを描いたもの。つまり、自分の姿がまったく見えていないわけではない。世間の非難は先刻承知の上。だが、それも含めて「私は私」と言い切る強さ。それが向日性の向日性たる所以だ。

そして、かの子の生涯を見渡した今、私は向日性の自己愛こそ世界を救う鍵だと思うようになった。

観音力＝完成された自己愛

世の中にはナルシストと呼ばれる人々がいるが、分類すると二手に分かれる。

健やかな自尊心がナルシシズムとして発露している群と、自己肯定感を持てないがゆえに歪んだ自己愛に走ってしまう群であり、こちらは心理学用語でいうところの「自己愛性パーソナリティ障害」にあたる。

後者の代表を文壇に求めるとしたら、三島由紀夫が筆頭格だろう。

彼は作家として功成り名遂げてから、肉体改造を始め、国粋思想に傾倒していくが、多くが指摘する通り、この流れは彼の根深いコンプレックスによるものだった。文弱を極めた男が、心の彷徨の末にマッチョイズムに迷い込むのは、あまりにもわかりやす過ぎる、哀れな末路といえる。

一方、かの子は、幼少期に家族からの愛を思うさまに浴び、すくすくと歪みのない自尊心を伸ばしていた。

何という感情丸出しの女だろう。彼女の瞳はちっとも男に対する防御工事が施して無かった。男の言うままを直に信じ直に受容れんと待構へ居る生娘の熱情が附添いも何にも無しに野原にぽつねんと独りで佇んで居た。

（岡本一平「へぼ胡瓜」より）

無防備ゆえに、結婚してすぐ夫の愛を見失った瞬間、心が砕け散ったが、以前より強い愛を得るやいなや不死鳥のごとく蘇った。

そして、自らを観音に奉ろうとする夫の期待に応え、無垢な母性的慈愛を惜しみなく差し出した。

その結果、世にも幸せな一組の男女が完成したのだ。

わたくしは自分達を夫とか妻とか考えません。同棲する親愛なそして相憐れむべき人間同志と思っています。そして元来が飽き安い人間の本能を征服出来て同棲を続ける者同志の因縁の深さを痛感します。わたくしは因縁こそ実に尊くそれをあくまでも大切にすべきものだと信じております。そこに優しい深切な愛情が当然起こるのであります。

（「家庭愛増進術――型でなしに」）

二人がここまで心を定めきるには、宗教が必要だった。

夫妻は、戦前の知識人らしく、初めはキリスト教にすがろうとした。だが、そこに彼らが求めていた答えはなかった。だから、仏教を学ぶようになり、そこで初めて安心を得た。

私は、二人が仏教を選んだのは当然の帰結だったと思う。彼らに必要だったのはキリスト教的赦しではなく、大乗仏教的寛容だったからだ。誰かに赦してもらうのではなく、自身が慈悲の源でなければ立ち行かないのが、二人の愛の形だ。

極端な話、彼らはお互いに対してだけ「完全なるもの」であればよかった。世間からなんと思われようが、陰口を叩かれようが、目の前にいる一人が揺るがなければ、問題ない。欠けるところのない円満な自己愛は、そのまま観音力になった。

自分を愛すのと同様の愛を他人に向けられる人間は強い。そして、その愛を躊躇せずに受け止められる人間も強い。覚醒後のかの子を中心にできた小さなサークルは、そういう強さを持ち得た人々の集まりだったのだろう。

逆に、自分を愛せない人間、無償の愛を信じられない人間には、かの子たちの在り方は理解できなかった。さらに、その「在り方」を認めると己のアイデンティティや思想が揺るぎかねない人々は、強いアレルギー反応を示した。前述した芙美子や吉屋、谷崎以外だと、宮本百合子、円地文子などが代表選手だ。

満たされない愛が終生のテーマである芙美子にとって、かの子の観音力は最大の敵だ。それを受け入れたらアイデンティティが崩壊しかねない。営々と積み続けてきた我が文学世界を一突きで無に返す可能性のある女など、認められるはずがない。

宮本百合子は、女が「生身の女」のまま花開くのが許せない人だった。だから、かの子の文業は一平の添削あってのものだろうと中傷した。要するに、男がいなければ何もできない操り人形だと思いたかったのだ。宮本は、とにかく同時代の女流作家を中傷せずにいられない人だったが、その対象がかの子だけでなく、芙美子や宇野千代のようなタイプに及んでいるのを鑑みれば、彼女のコンプレックスの在り処がとてもよく見えてくる。

円地文子は、人の心を深く穿とうとした人だ。だから、利那の情動だけが真実であるかの子のような人間を理解できるわけもなく、無防備な言動には人をコントロールしようとする裏の意図があるはずだと疑ってかかった。

変態文学の巨匠・谷崎は、そもそも「女」を欲求欲望を満たすための道具としか見ていない。だから、我が目には醜女と映る女に用はない。よって、かの子が自分に傾倒しようが、まったく心動かされることがなかった。自分の血を好いてくれるからといって蚊を愛する人はいない。むしろ、谷崎視点に立てば一平など変態中の変態だ。

こうした彼ら「かの子アンチ」の視点は、そのまま世間の視点でもあった。

家族に寄せられた好奇と侮蔑の目には、さすがのかの子もしばしば音を上げた。だが、かつてのように病み沈むほどには傷つかなかった。自尊心という基礎体力がアスリート並みに鍛え上げられていたし、自己回復のためのエネルギーを与えてくれる人々が身近にいたからだ。

そんな人間は、多少の擦り傷では死なない。かえって強くなっていく。そして、強くなった分は、きっちりと相手に利息としてお返ししていった。決して搾取するだけではないから、かの子は愛され続けた。

昭和十三（一九三八）年、かの子は「老妓抄」を発表し、高い評価を得た。

この作品において、かの子は集大成ともいうべき一首を文末に置いている。

——年々にわが悲しみは深くして　いよよ華やぐいのちなりけり——

彼女の人生は、この一首を読むためにあったのではないか。

もし、私が短歌を詠む人であれば、この完璧な言葉の連なりが我が身中から迸ったのなら、もういつ死んでもいいと思うだろう。

「老妓抄」を発表した後、かの子は一平に対して、

「パパ、もう大丈夫。おかげでこれまでになりましたわ。ありがとう」

と礼を述べたという。その後、一年経つや経たずやで命が尽き果てた。

そして、死によってかの子は「観音」として完成した。文字通り「成仏」したのだ。

かの子と、かの子の文学は並々ならぬ強さを湛えている。

強さの源は、揺るぎない自己愛だ。だから、表面をさらっとなぞるだけでは、ナルシストぶりが鼻についてしまう。私も、たぶんかの子と同時代に生きていれば、「世間の視点」でかの子を見て、小馬鹿にしていたと思う。

だが、時の隔たりが与えてくれる客観性と、観察主体である私の経年変化によって、かの子の自己愛は完全にポジティブであると理解できるようになった。

彼女の在り方こそ、生きづらい現代人のお手本になるのだ、と。

個人が集団の悪意から我が身を守る最大の武器は、健やかな自己愛と自尊心、そして愛というエネルギーを常に補充してくれる理解者だ。だが、理解者は、自らが率先して愛と肯定を与えることによってのみ得られる。

わたしは今、お化粧をせっせとしています。

今日は恋人のためにではありません。

あたし《ママ》の息子太郎のためにです。

わたしの太郎は十四になりました。

そして、自分の女性に対する美の認識についてそろそろ云々するようになりました。

太郎の為にも、わたしはお化粧をしなくてはなりません。太郎が、いまにいくら美しい恋人を持つとしても、ママが汚くては悲観するでしょう。そういふ日の来ない先から、わたしはせっせとお化粧します。今日は恋人の為にではありません。


（「愚なる（?!）母の散文詩」より）

男の方は、今いう必要もないから別問題として、一体私は女に好かれる素質を持っていた。それも妙な意味の好かれ方でなく、ただ何となく好感が持てるという極めてあっさりしたものらしかった。だから、離れ座敷の娘が私に親しみたい素振りを見せるに気が付いても一向珍しいことには思わなかった。

（中略）


湯の中の五六人の人影の後からその娘の瞳がこっちを見詰めている。今はよしと私はほほ笑んでやる。するとその娘はなよなよと湯を掻き分けて来て、悪びれもせず言う。

「お姉さま、お無心よ」

「なあに」

「お姉さまの、お胸の肉附のいいところを、あたくしに平手でぺちゃぺちゃと叩かして下さらない？　どんなにいい気持ちでしょう」
私はこれを奇矯な所望とも突然とも思わなかった。消えそうな少女は私の旺盛な生命の気に触れたがっているのだ。私は憐み深く胸を出してやる。

（「健康三題」より）

本当の慈悲とは、ここに本当にものを与えるに適当な事情を持つ人がある。その時、その人に適当な程のものを与える。それが本当の慈悲であります。

（「慈悲」より）

個が、なんのバリアも持たないまま顔の見えない集団と対峙しなければならなくなった現代社会では、不用意にマスメディアやネットの大通りに彷徨い出ては事故に遭い、怪我が治らないままおかしな方向に歪んでいってしまう人たちをたくさん見かけるようになった。

他山の石とすべきであるが、それでも事故は起こり続けるだろう。そんな時、回復を助けてくれるのが、かの子のような自己愛だ。

自分はどこまでも肯定されるべき人間である。その確信に根拠は必要ないことを、かの子は教えてくれる。

ただし、自己批評眼は持っていなければならない。かの子が、そうであったように。

健やかな自己愛を一生持ち続けることができれば、きっと誰もが彼女のようなピュアな死を迎えることができるのだ。

私にとって、かの子の死に様は誰よりも美しいものであり、羨望の的なのである。

かの子のような観音力を、私は今から持つことができるだろうか……。

ふむ。

なかなか、難しそうである。

BUNGO NO SHINIZAMA

林芙美子

FUMIKO HAYASHI

誰が芙美子を殺したか

林芙美子（はやし・ふみこ）

小説家。明治36（1903）年、山口県生れ。25歳で「女人芸術」に発表した「放浪記」が評判を呼び、作家デビュー。昭和23（1948）年『晩菊』で女流文学者賞を受賞。昭和26（1951）年、東京都新宿区の自宅にて持病の心臓弁膜症の悪化による心臓発作で急逝。享年47。代表作は『晩菊』『浮雲』など。

文学という果実を、豪腕ひとつで引きちぎって手中にした作家、それが林芙美子だ。

ほとんどが富裕層、もしく教育熱心な家庭で生育している近代文学作家の群にあって、芙美子は貧乏で無教養な親によって極めて粗雑に育てられた。生誕地も誕生日も明確でないほどだ。義父の生業が行商で、移動のたびに転校を繰り返したために学業は芳しくなく、友人を作るのも下手だった。

だが、生まれついての本の虫だった。そして、文章力を自ら育む天与の才と、最下層から眺める世界の美と愚を叙情的かつシビアに切り取る目を持っていた。

たとえば、初期の作品にこんな一節がある。

桟橋の下にはたくさん藻や塵芥が浮いていた。その藻や塵芥の下を潜って影のような魚がヒラヒラ動いている。帰って来た船が鳩のように胸をふくらませた。その船の吃水線に潮が盛上ると、空には薄い月が出た。

（「風琴と魚の町」より）

この美しい風景描写、実は放尿シーンの一部なのだ。いやはや、これほど詩情豊かな放尿シーンが他にあるものだろうか。

一方、夫の出征中に義父と通じて子をなした女の心の動きを、組板の上で首を切られても、胴体だけはぴくぴく動いている河沙魚《かわはぜ》のような、明瞭《はっき》りとした、動物的な感覚だけが、千穂子の背筋をみみずのように動いているのだ。

（『河沙魚』より）

と、生々しく描いてみせたりもする。詩情とリアリティの並立は、芙美子文学最大の特質であり、美質といえるだろう。

とにかく、彼女はほぼ自力で培った文章力と観察眼だけを武器に世に出て、道なき道を切り開いていった。

かっこいいなあ、と思う。

そんな彼女の葬式もまた、かっこよかった。なにせ、作家冥利につきる超胸熱の展開が繰り広げられたのだから。

四面楚歌の中で、ひとり

が、その話をする前に、まずは彼女の死に際から見ていこう。

林芙美子は昭和二十六年六月二十八日、四十七歳の若さで突然死している。

直接の死因は、持病の心臓弁膜症が悪化した末の心臓発作。だが、悪化を招いた原因は、明らかに過労とタバコとヒロポンによる薬害だった。

ヒロポンとは大日本製薬（現在の大日本住友製薬）が昭和十六年から販売を始めたメタンフェタミン系覚醒剤の商品名で、昭和二十六年までは普通に薬局で買えた。つまり、違法薬物ではなかったのである。「疲労がポンと取れる」というので付けられた商品名だとする俗説もあるが、そんな軽いノリで覚醒剤が使われていた時期が、かつての日本にはあったわけだ。

使用者は主に寝る間も惜しんで働かなければならない人たちだった。そして、芙美子はまさに「寝る間も惜しんで働く」代表選手のような生活をしていた。売れっ子作家として、文章製造マシーンのようにフル稼働していたのだ。

その仕事ぶりは、本人の弁によると次の通りである。

「わたしね、タバコ中毒よ、日に五十本」

と言って（光）の赤い箱を出して一本口にくわえるのだった。そしてまた、

「わたしは夜中二時ごろ書き出すの……夕御飯食べるとすぐ八時頃寝ちゃうんですよ、そして一時頃起きて濃ゆいお茶飲んでタバコ吸ってそれから始める、そのまま朝まで起きているのよ」

（吉屋信子『自伝的女流文壇史』より）

こう語ったのは死の八日前だ。「婦人公論」誌に掲載される女流作家座談会の収録の言葉を、親交のあった吉屋信子が記したものだが、この時すでに心臓の状態はかなり危機的だった。料亭の階段を上がるだけでも息切れし、途中で一休みしなければならないほど衰弱していたそうだ。

しかし、あろうことか、座談会の出席者は「いま階段で休んでいられます」との記者の報告を聞いてもただ笑うだけだったという。死に至るほど悪化しているとは思いもしなかったからだと吉屋は言い訳のように書いているが、ちょっと眉唾だなあと私は思う。

なぜなら、昭和二十五年頃にはすでに芙美子の体調が相当まずいことは誰の目にも明らかだったというからだ。座談会に出席した面々は、たびたび芙美子に会い、息切れや激しい動悸に苦しむ姿を目の当たりにしていた。それなのに、誰一人として芙美子の体を気遣わなかった。

この出席者たちの態度に、当時芙美子が文壇で置かれていた立場の厳しさを感じざるを得ない。芙美子は、我の強いいびつな性格ゆえに、周囲の人間とたびたび諍いを起こしていた。作品では過去の男をネタにし、赤裸々な暴露小説に仕立てた。また、他の女性作家が世に出ることを嫌い、何かと妨害工作をするとの噂もまことしやかに流れていた。

結果、文壇きってのトラブルメーカー、性格の悪い嫌な女と見做されていたのだ。

文壇というのは、狭い世界の中に、すでに一家を成した大作家から今で言うワナビ（死語？）的有象無象までがウヨウヨする世界だ。しかも血縁で結ばれている人々が案外多い。そんなミニマムな社会において、成り上がり者である芙美子への敵意は凄まじいものがあった。

わかりやすい証拠がある。芙美子の死後六年経ってから出版された雑誌「臨時増刊　文藝　林芙美子読本」のアンケート調査だ。編集部は作家や評論家たちに芙美子についてコメントを出させているのだが、その回答はもう散々。追悼の意で誉める言葉はどこかおざなり。さらに今では名も知られていないような純文学の作家たちが、実に冷ややかな、軽侮するような言葉を連ねている。

彼らは言外に、あるいははっきりと言う。「林芙美子の小説に、見るべき文学的価値はない」と。だが、さぞ文学的価値があったのであろうその人々の作品は、今や図書館でも読むことが難しい。一方、芙美子の小説は未だに新装版が出版されるほど愛され、読み継がれている。草葉の陰で「ざまあみろ」と笑い転げる芙美子の姿が目に浮かぶようではないか。

キラキラ庶民と本物の庶民

とはいえ、これはあくまでも結果論であって、野心家で自信家とされていた彼女自身の自己評価は、むしろかなり低かったようだ。

「私の作品が私の死後残るなどとは思わないけれども、此『放浪記』だけは折にふれて誰かの共感を呼ぶに足るものであるとは自信を持っている」

謙遜しているようで自信たっぷりの言葉に見えるかもしれないが、私にはこれが芙美子の本音であるように思えてならない。彼女は、本気で自分の文学を信じきれていなかったのではないだろうか。

『放浪記』は彼女に富と名声をもたらしてくれた大事な作品だ。だが、当時の左翼作家たちは「ルンペン小説」と貶した。ルンペン・プロレタリアート、つまりマルクス主義で言うところの労働者階級（プロレタリアート）と敵対する最底辺のクズが書いた作品だとレッテルを貼ったわけだ。

左翼の首領である宮本百合子は、芙美子（と宇野千代）を指して、「その時代的な雰囲気だけをわが身の助けとして、婦人として、芸術そのものの発展の可能について思いめぐらさず、『女に生まれた幸運』やポーズされた『孤立無援』『詩情』を、文学の商牌としたことは、この人たちばかりの悲劇であるだろうか」と大変上からな物言いで評している。

そんな宮本はプチブル階級育ちで、アメリカへの留学経験もあるインテリお嬢様だ。経済的にも文化的にも豊かな家の子女に生まれた幸運をフル活用して世に出て、共産主義の流行という時代的な雰囲気真っただ中の活動に参加し、社会的な孤立無援とは終生縁のなかった人だといえる。

いずれにせよ、コンプレックスの塊で、他人からの評をすさまじく気にした芙美子が、こうした言葉に傷つかなかったわけがない。

だが、文壇やインテリ層がなんと言おうと、大衆は芙美子の小説を強く支持した。

文芸評論家の中村光夫は「林芙美子論」で「宮本百合子にとって、民衆はいわば思想の憧れの到達点であったに対して、林芙美子には、それは這いでなければならぬ泥沼であるとともに、もっとも、気兼ねなく振舞える故郷でもあったようです」と述べているが、けだし慧眼だ。

頭の中でこさえた「哀れな庶民」もしくは「あらまほしき庶民」ではない、等身大の庶民が描かれていたからこそ、芙美子の小説は人気を得たのだ。そして、その事実を誰よりも知っていたから、「ベストセラー作家」という地位は芙美子の承認欲求を満たす糧となった。

だからこそ、彼女はなにがあっても書き続け、人気を得続けなければならなかった。同時に、貧困への恐怖もまた、芙美子を馬車馬にした動機だっただろう。

貧困とは単にお金がないことではない。自分が稼げなくなったが最後、人生が一瞬にして詰んでしまう状態こそが、真の貧困だ。ちょっとぐらいお金がなくても実家筋が太いなら、それは貧困とは呼べない。

芙美子は夫と養子、老母を扶養するだけでなく、親族一同の面倒も見ていた。一家どころか一族の大黒柱だった芙美子が折れてしまうと、すべてが the end になる。そんな状況の怖さを「貧しいながらも仲良く健気で明るい我が家」的プロレタリアートにロマンを感じるお坊っちゃん、お嬢ちゃん方が理解できるはずがない。

貧苦の恐怖が骨身に沁みている芙美子だからこそ、稼ぐことに執着したし、どんな仕事でも断らなかったのだろう。そんな、承認欲求と富への執着が、早すぎる死を招いた。

過労死へ一直線

昭和二十四年には肺炎で入院、医師からは静養を進められ、翌年からはたびたび療養のために熱海に滞在した。しかし、そこでも筆を休めることはなかった。遠方に取材や講演旅行にも出かけることも多かった。私は今、芙美子の享年と同じ年頃だが、年々無理がきかなくなってきているのを実感している。だからこそ、わかるのだ。芙美子のこんな生活が長く続いたはずがない、と。

実際、芙美子自身、かなり強く死の影を感じていたらしい。

——私はあと幾年も行きてはいられないような気がしている。心臓が悪いので、酒も煙草も停め——

られているのだけれども、煙草は日に四五十本も吸う。酒は此頃飲まないことにしている。

（「椰子の実」より）

「もう自分は晩年だと思っていますからね。いつ死ぬかも分からないしね」

（NHKラジオ「若い女性」での発言）

死の予感は、小説にも色濃く反映された。

義雄が散薬をこぼすと、繁は大きい眼をむいて、「俺を殺したいのかッ」と云って怒った。繁は最後まで、自分の軀《からだ》を投げる気はしていない。何とかして、死神の注視からはぐれたかった。生きたかった。「その薬の包み紙を捨てるなッ」と云って、繁は紙にこびりついた薬をべろべろと色の悪い舌でなめた。大粒な涙をこぼしながら、「命の薬なンだ。俺はいま死にたくない。この命の薬を半分もこぼして、俺を不憫だとは思わないのかッ。ひらってのませてくれ……」泣きながら、痩せた手を出して、繁は、枕にこぼれた散薬をすくうような恰好をしていた。

（「夜猿」より）

ゆき子は、このまま死ぬのではないかと思った。分裂した、冷い自分が、もう一人自分のそばに坐って、一生懸命、死神にとりすがっているのだ。死神は、ゆき子の分身の前に現存している……。この女の肉体から、あらゆるものが去りつつあるのだと宣《の》べて、死神は、勝利の舞いを、舞っているようでもあった。

（「浮雲」より）


この鬼気たるや。

浅ましいまでに生に執着する男と死神の気配に慄《おのの》く女。どちらも芙美子の姿ではなかったか。

そして、芙美子は死神に搦め捕られた。

その死に際に関してはいくつか異説があるのだが、雑誌の取材から帰宅したあと、夜十時を過ぎた頃に発作を起こし、二～三時間苦しんだ後、夜中一時過ぎに亡くなったという流れは一致している。

告別式は七月一日、新宿区中井にある自宅にて執り行われた。

これが、芙美子畢生（って、もう死んでいるが）の大舞台となった。

葬儀委員長はあのノーベル文学賞作家（この時はまだ受賞前）川端康成が務め、こんな弔辞を述べた。


「故人は自分の文学生命を保つため、他に対しては、時にはひどいこともしたのでありますが、しかし、あと二、三時間もたてば故人は灰となってしまいます。死は一切の罪悪を消滅させますから、どうか、この際、故人を許してもらいたいと思います」

どう思います？　普通、葬式でこんなこと言います？

参列者はこの弔辞を聞いてすすり泣いたと伝わるのだが、私がもし芙美子の友で、その場に居合わせたら、確実に怒っただろう。「あんた、それが葬儀の場で言う言葉かよっ！」と怒鳴りつけるかもしれない。

だが、その場では誰も憤る人はいなかった。

文壇は、最後まで芙美子を「嫌われ者の放浪者」として扱ったのだ。

しかし、それで終わる芙美子ではなかった。

仇を取る人たちが、門前に詰めかけていた。焼香を望む一般参列者が、黒山の人だかりとなっていたのだ。

ファンはもちろんのこと、近隣の主婦や商店主など、普段から付き合いをしていた人々が押すな押すなの勢い。買い物かごをぶら下げたまま、あるいは子を背負ったまま、みんな取るものも取りあえず駆けつけたと思しき普段着姿だった。

中には深川など、東京の東側からやってきた人たちもいたという。今でこそ深川から中井までは地下鉄大江戸線で一本だが、交通事情の悪い戦後すぐのことだ。よほど強いモチベーションがなければ赤の他人の葬式に来られるものではない。また、参列者は圧倒的に女性が多かった。

文士の葬式慣れしていた川端も、この光景を前にして心底驚いたと後に語っている。当時の川端は文壇の葬儀委員長のような立場で、葬式を数多執り行っていたが、そんな彼でも未経験の事態だったのだ。

葬式で派手にdisられた芙美子に代わって、ファンたちが一矢報いたのである。あんたたちがなんと言おうと、私たちは彼女の小説が、そして彼女が大好きなの、と。

芙美子文学の真価が示されたこの瞬間を、文壇やジャーナリストのお歴々はなんと見たのだろう。

中村光夫は芙美子の死を「作家としての名声の絶頂で死ぬという或る意味で類の少ない幸運に恵まれた」と書いている。

しかし、私はそうは思わない。芙美子の小説家としての本領は、これから発揮されるはずだったからだ。戦後の代表作とされる「晩菊」と、死の直前に書かれた諸作品を比べても、たった二年ほどで小説技術は格段に向上している。書けば書くほど手応えを感じる、作家として脂の乗った季節をまさに迎えようとしていたところだったはずだ。

芙美子自身、死を予感しつつも、「長生きしてボロボロになるまで生きたい。六十七十になったときに、満足のいく作品が書けるようになると思う」と発言している。絶対、死にたくなかっただろう。

なのに、養生する心の余裕も持てず、文字通り仕事に殉じてしまった。

最初に述べた通り、芙美子の死は明らかに過労死だ。しかし、近頃の過労死とは違い、自ら選んだ働き方だからちょっと意味合いが違うのではと感じるかもしれない。

だが、彼女は、文壇の悪意から身を守り、自分を保つために「働き続ける」という選択肢を選ぶしかなかった。人は過労死するのではない。過労死させられるのだ。芙美子をそこまで追い込んだものの正体を考える時、私は「過労死」の真の怖さを感じる。

タフのようで、愛に飢え他者に怯え続けた作家は、文壇という狭い世間に殺されたようなものだった。そこに、社員を死なせる現代のブラック企業に相通ずるなにか、人間社会が抱える宿痾《しゅくあ》があるのかもしれない。

BUNGO NO SHINIZAMA

永井荷風

KAFU NAGAI

偉大なる
孤独死の先駆者

永井荷風（ながい・かふう）

小説家、随筆家、劇作家。明治12（1879）年、東京生まれ。昭和27（1952）年文化勲章受章、昭和29（1954）年日本芸術院会員に選出。昭和34（1959）年、千葉県市川市の自宅にて胃潰瘍の吐血が原因となった心臓麻痺で死去。享年79。代表作は『濹東綺譚』『断腸亭日乗』など。

独居老人の孤独死が社会問題になって久しい。

平成二十九（二〇一七）年の統計調査では、一人暮らしをする高齢者の実に四割超が孤独死を身近に感じているとする結果が出ている。さらに、二〇四〇年には単身世帯が全体の四割近くになるという試算もある。「誰にも看取られずに独り逝く」死に方は、今以上に珍しいものではなくなるのだろう。

ニッポンの未来天気図はどんより気味のようなのだが、そんな雲行きをあの世から高みの見物と洒落こんでいそうな文豪がいる。

永井荷風だ。

花柳小説と日記文学で有名なこの文豪は、絵に描いたような「孤独死」を成し遂げた偉大なる先駆者だった。

奇行の文人　最後のスキャンダル

荷風は大正から昭和前期にかけての日本文学を語る上では欠かせない人物だ。しかし、他の文豪に比べ、教科書にはあまり載らない。学校では教えづらい男女の情と欲が渦巻く世界を描いた作家だからだろう。

代表作の「濹東綺譚《ぼくとうきたん》」からして娼婦との交流が題材だし、出世作の一つである「ふらんす物語」は政府から発禁処分を受けている。正直、現代の我々の目には何が問題なのかピンとこないが、いずれにせよ荷風文学の本領はエラい人をしかめっ面にさせるところにあったらしい。

しかし、まるっきり黙殺することもできなかった。

良家のお坊っちゃまにして欧米留学経験者の元大学教授。名は世に轟いていた。不惑を前にして親の遺産が入ったおかげで悠々自適の文人生活に入り、戦後は戦時下の時局に屈しなかった孤高の文学者として早い時期から再評価が進んだ。昭和二十七（一九五二）年には文化勲章を受賞して名実ともに「名士」となった。

その一方、私生活にはスキャンダルが絶えなかった。艶っぽい話は数知れず、生涯で関係した女性は十指どころか足の指を総動員しても足りないだろう。さらには変人だの人間嫌いだの、大変な財産を持っているくせにドケチだのと、とかく話題には事欠かない。

そんな男がある朝、血を吐いて独り死んでいるのが発見されたのである。

発見者は通いで下働きをしていた老女だった。すぐさま医師が呼ばれたが、病気で寝込んでいたはずなのに外出着を着ていたため、事件性が疑われて警察が現場検証をする騒ぎとなった。

奇行で知られる富豪文豪、突然の変死である。世間の耳目を集めぬわけがない。新聞から雑誌まで、マスコミがどっと詰めかけた。

紙面に躍った「永井荷風氏急死　千葉・市川のわび住いで」「文豪　孤独の死　みとる人もなく」などの見出しはまだおとなしい方で、大衆紙になればなるほど「孤独」と「奇行」を強調し、世間の好奇心を煽りまくった。現場写真まで公開された。今では考えられない狼藉である。

マスコミがこのような行動に出たのは他でもない。世間が荷風の死を「醜聞」と捉えたからだ。

二十一世紀の現代でも、孤独死には「みじめ」「不幸」などマイナスイメージがまとわりついている。古い価値観が支配的な地域では「孤独死」＝「恥」とさえ捉えられるそうだ。荷風の死んだ昭和三十年代ともなれば、この傾向は尚更著しかっただろう。

しかし、恵まれた人生を送っていた作家が、なぜスキャンダラスな末路をたどることになったのだろうか。その謎を解くために、まずはざっと彼の人生をおさらいしたい。

若いうちから爺さま志向

荷風といえば、なんといっても四十年以上にわたって綴られた「断腸亭日乗」が代表作だ。日本近代文学最大の日記文学であると同時に、大正から昭和前期の風俗を記した貴重な記録として今も愛読者が絶えない。

荷風畢生の大事業は、大正六（一九一七）年九月十六日に、こんな記述から始まっている。

秋雨連日さながら梅雨の如し。夜壁上の書幅を掛け替う。

碧樹如烟覆晩波　清秋無尽客重過　故園今即如烟樹　鴻雁不来風雨多　姜逢元

等閑世事任沉浮　万古滄桑眼底収　偶□心期帰図画　□□蘆荻一群鷗　王一亭

先考所蔵の画幅の中一亭王震が蘆雁の図は余の愛玩して措かざるものなり。

いきなり軸の架け替えネタである。清雅な暮らしアピールに余念がない。今で言うと、インスタでキラキラな私♡をアピるのに近いものを感じる。たぶん、デコるだけデコったネイル画像を「ちょっと地味かな？」みたいなコメント付きでアップする女子と気持ち的に大差なかったのではなかろうか。ちなみに「先考」とは「亡くなったお父さん」の漢語であり、これまた漢文学の素養アピールに見えないこともない。

とにかく、この数行には知性と教養に溢れた上流階級出身者たるワタクシをひけらかすポイントが多数詰め込まれているのだ。

ただし、荷風の場合、知性も教養も階級もハッタリではなく本物である。

念の為書き添えておくが、荷風の日記は後々の公開を前提に書かれている。今でこそ日記はプライベートな記録だが、日本では古来日記は公開されるものだった。「断腸亭日乗」はその伝統に乗っかっている。よって、ひけらかしポイントは明らかに他人の目を意識して据え置いたものと見て間違いない。

さて、いずれは人に見せる腹積もりの上で日々の胸間を綴る荷風は、文中で己の老人志向をことさら強調した。

来青閣[注1]に隠れ住みて先考遺愛の書画を友として、余生を送らむことを冀《こいねが》うのみ。

（大正六年九月二十日）

不図《ふと》思出せば廿一二歳の頃、吉原河内楼に通ひし帰途、上野の忍川にて朝飯くらふ時必ずあなごの蒲焼を命じたり。今はかくの如き腥臭《なまぐ》くして油濃きものは箸つける気もせず。豆腐の柔にして暖きがよし。

（大正六年十一月三日）

余既に余命いくばくもなきを知り、死後の事につきて心を労すること尠《すく》からず。

（大正八年一月十六日）

枯淡の境地に至った老作家の心自ずから閑なり……と言いたいところだが、これを書いた荷風は全然老作家ではない。不惑をちょっと過ぎたぐらいだ。

四十でこれはちょっと老成しすぎ……というより、老人ごっことしか思えない。

確かに、四十路に入るとこれまでピンとこなかった「老い」の臭いが鼻先をかすめ始める。また、荷風は蒲柳の質だったともいう。だからといってあなごの蒲焼より豆腐がいいだとか、あと何年も生きられないなんて話は、ちょっと早すぎる。リアルな心情とは思えない。

事実、荷風は余命幾ばくもないどころか、享年は七十九、つまり四十歳のほぼ倍の寿命を生きた

注1：来青閣
荷風が父の遺産として譲り受け、大正二年から大正四年まで住んだ邸宅の号。牛込区大久保余丁町（現在の新宿区余丁町）にあった。

し、若い頃から晩年まで洋食が大好物だった。最後の晩餐はカツ丼だったぐらいだ。本物の老年に至っても健啖家であり続けた作家の四十代の食卓が、豆腐どころで済むはずがない。性生活の方も、昭和二（一九二七）年に三十歳近く年下の女性を妾にする程度には枯れていなかった。

ここはもう、きっぱり断言してしまおう。

彼が四十そこらで老い衰えていたなんてことは、絶対にありえない。完全にフェイクだ。

では、なぜ荷風は老人に擬態しようとしたのだろうか。

そこのところを探るには彼の幼少期から青年期までを振り返る必要がある。

荷風の生家は儒学によって士官した先祖がいるような学者肌の家で、父は藩校で当時著名だった儒者・鷲津毅堂《きどう》に直接教えを受け、後にアメリカ留学も経験した当時一流の知識人だった。母は鷲津毅堂の次女で、かつ熱心なキリスト教信者だった。東洋の伝統的な価値観と新しい西洋知が奇妙に同居する、そんな不思議な環境で荷風は育ったのだ。

こうしたバックボーンを見るとずいぶん四角四面の家に育ったように見えるが、母には芸事を好むくだけた面もあった。

江戸の生れで大の芝居好き、長唄が上手で琴もよく弾きました。三十歳を半ば越しても、六本の高調子で「吾妻八景」の——松葉かんざし、うたすじの、道の石ふみ、露ふみわけて、ふくむ矢立の、すみイだ河……

と云う処なぞを楽々歌ったものでした。（中略）私は忘れません、母に連れられ、乳母に抱かれ、久松座、新富座、千歳座なぞの桟敷で、鰻飯の重詰を物珍しく食べた事、冬の日の置炬燵で、母が買集めた彦三や田之助の錦絵を繰り広げ、過ぎ去った時代の芸術談を聞いた事。

（「監獄署の裏」より）

これはあくまでも小説の一節だが、自身の体験を色濃く反映している。封建的漢学、江戸趣味、そして父母世代が学んだ西洋文明の皮相は、幼き荷風にしっかりと根づいた。

さらに親の転勤に伴っての上海短期在留、親には内緒の寄席修業、そしてアメリカとフランスへの留学などなどあらゆる経験をし倒したモラトリアム期を二十代いっぱいで終了。三十歳から大学教授を務め、父の勧める女性と結婚してようやく落ち着いたかと思いきや、三十四歳の時に父が死ぬとちゃぶ台をひっくり返して、離婚再婚また離婚で独り身になった上、大学も辞して晴れて無職になった。

そして、「荷風散人」[注2]というニュータイプの文人にジョブチェンジしたのである。

荷風の理想的とした隠居生活は、古代中国の「竹林の七賢」的隠士と日本の風流人を足して英国独身紳士を振りかけたような独特のスタイルだった。働かずとも食える境遇だった荷風は、うらや

注2：散人
世事にとらわれず、仕事にも就かずにのんきに暮らす人。

ましいほど自由気ままな生活を送れる立場にあった。

そんな時期の日記でやたらと老境を強調したのは、若くして文字通り「散人」である自分への照れ隠しと言い訳だったのではなかろうか。いかに我が道を行く奇人とて、働き盛りに隠居生活を送るのは、さすがにきまり悪くはあったのだろう。だから、ことさら「老い」と「余生」を強調したのではないかと思うのだ。

私は病弱ゆえ（と本人は強調するが、成人以降大病はしていない）早く老衰し、もうすぐ死にます。だから、早々と隠居しちゃうんですよ、というわけだ。

「ぽっくりと死にますぜ」

さて、大正から昭和初期にかけての荷風の生活ぶりについて言及すると紙幅が足りないので、ここからは一気に荷風の死の三年前に飛ぶ。

昭和三十一年。政府が経済白書に「もはや戦後ではない」と記述したこの年、荷風は喜寿を迎えた。前とは違って本物のお爺ちゃんだ。しかも、けっこう可哀想なお爺ちゃんだった。

東京大空襲の夜、荷風が理想の終の棲家として建てた自宅「偏奇館」が焼け落ちた。

偏奇館焼失の日を綴った一節は、断腸亭日乗の中でもとりわけ名文として知られている。

方々に上がる火の手を見て、「到底禍を免るること能わざるべき」と覚悟した荷風は「麻布の地を去るに臨み、二十六年住馴れし偏奇館の焼倒るるさまを心の行くかぎり眺め飽かさむもの」と覚悟を決め、愛着のある我が家と心血を注いで収集した文物が炎に呑まれていく光景を独り見続けた。膨大な蔵書や書画骨董は文字通り灰燼に帰した。

正直、荷風という人間にはさほど共感を持てないのだが、それでもこの時の心情を思うと同情の涙がこみ上げるのを禁じ得ない。蔵書家にとって、本は魂にも等しい。無情の業火が己の魂を無に帰していく光景を見ながら、その心も無残に焼け落ちていったのだろう。

偏奇館を失った荷風は、戦後千葉県市川市に移住し、数年間従弟である杵屋五叟《きねやごそう》やフランス文学者の小西茂也の家に寄寓した。だが、どちらの家でも度を越した変人ぶりを発揮し、決裂する形で次の住処に移っている。断腸亭日乗では自分ばかりが被害者であるかのような書きぶりだが、五叟の息子で荷風の養子となった永井永光や小西が残している証言を読む限り、非は荷風にある。

畳の部屋で七輪を焚いたり、窓から庭に向けて放尿したり、隣室のラジオがうるさいとそれを上回る騒音を立てたりするような老人と仲良く暮らせるはずがない。

こうした逸脱行動を荷風の研究者やシンパは「長年の一人暮らしに慣れきっていたため」と弁護するのだが、彼同様長年一人暮らしをしている私としては冗談じゃない、と抗議したくなる。いくら独りが長くとも、最低限の社会常識は普通に保てる。トイレ以外で用足しするのも、同居者に対してクレーマーのような振る舞いをするのも、彼自身が何か問題を抱えていたせいとしか考えられない。

ここからは憶測になるし、あまり軽々な判断はできないのだが、荷風の言動をつぶさに見ていくと、彼にはアスペルガー症候群に類する発達障害があったのではと感じる部分がある。他人への共感性の薄さ、収集癖、気に入った物／者への強い執着、聴覚や痛覚が過敏気味だったらしいところ、パターン行動を好む点など、挙げていくときりがない。

荷風が二度離婚していることはすでに触れたが、離婚の経緯を見ても、彼は到底他人と一緒に住める人間ではなかった。金と情で繋がる妾でさえ、長続きした者はいない。家督を継いだ末弟とは義絶したまま生涯関係を修復することはなく、友もほとんどいなかった。戦後数年は浅草のストリッパーたちと交流を持ち、華やかなひと時を過ごしたが、受勲がきっかけで彼女たちとも距離ができ、最終的には自ら遠のいていった。

とはいえ、人との交流をまったく絶っていたわけではない。

昭和三十一年の自宅への来客は、のべ百二十人を超えている。ただ、そのほとんどが出版社の編集者か文学関係者であり、プライベートの客となると実業家で荷風の熱烈な崇拝者・相《あい》磯《そ》凌霜《りょうそう》と昭和初期に荷風の妾をしていた関根歌がやってくる程度だった。まったくの孤独ではないが、身辺賑やかだったとは言い難い。

昭和三十二年になると、千葉県市川市八幡に本当の終の棲家となった家を新築し、移り住んだ。その世話をした小林修という青年と凌霜が、以後頑固な老翁を物心両面で支えることになる。最低限の家事を手伝う老女もいた。

しかし、その侘び住まいは、かなりひどい状態だったらしい。

荷風が亡くなって三ヶ月後に出された「婦人公論」誌に関根歌が寄せた「日陰の女の五年間」という追悼文で、荷風宅の様子はこう描写されている。

お部屋に入ってびっくり、畳はぼろぼろ、まっくろで、七輪やら火鉢やら、おふとんはしきっぱなし、枕をみれば座ぶとんを二つ折りした、汚れたベタベタのものでした。

とにかく、不潔で乱雑な部屋だったらしい。

そんな場所で、誰にも看取られることもなく死んでいったのだ。これ以上侘しい死もないだろう。当時の人々が憐憫と侮蔑相半ばする目で老文士の死を眺め、醜聞と断じたのも無理はない。

だが、私は思うのだ。それでもやっぱり、荷風は我が身を不幸とは感じていなかっただろう、と。

二〇一八年九月、独立行政法人経済産業研究所より「幸福感と自己決定―日本における実証研究」と題する研究結果が発表された。健康、人間関係、自己決定、所得、学歴を変数に、日本人二万人を対象にアンケートを取った結果、日本人の幸福感に与える影響力は、所得や学歴よりも「自己決定」できるかどうかが強い影響を与えていることがわかったそうである。所得や学歴は二の次だった。

この変数に晩年の荷風を当てはめてみよう。

健康については、年相応に悪いところはあったとはいえ、死ぬ一ヶ月前まで散歩に出歩ける程度の体力はあった。二ヶ月前までに至っては、「(日付)(天気)正午浅草。」の記述がなんと百五十三日間も続いている。昭和三十三年のお出かけ回数は一年三百六十五日のうち、三百五十四日だ。八十歳を前にしてこうなのだから、健康状態は良しとすべきだろう。

次に、所得と学歴。こちらは文句のつけようがない。人間関係は多少難ありだが、まったくの孤独ではなく、少人数とはいえ敬愛し支えてくれる人たちが身近にいた。そして、その背後には何万の愛読者がいた。

そして、自己決定については、荷風ほど自己決定し尽くした人生を送った人間もいない。嫌なことはせず、好きなことだけして生きる。人間関係も仕事も自分基準で選ぶ。気に入ったら手元に置き、嫌になったらさっさと捨てる。

『断腸亭日乗』では、うまく生きられぬ己を嘆くようなところも見えぬでもないが、あれも一種のポーズとしか思えない。

関根歌は、

先生はお一人でさぞお淋しかったことだろうとおもいます。いつも孤独でいいと口に出しておられましたけれど、ほんとうは淋しがりやだったのです。いつもにぎやかなことのお好きだった先生だけに、索居独棲《さっきょどくせい》のたのしみをいわれたのは、江戸っ子らしい、負けずぎらいの気分からそう申されたのでしょう。

（「日陰の女の五年間」より）

と、かつての愛人の気持ちを推し量っているが、私はこの見方は半ば当たり、半ば外れているように思う。

人は一人では生きられない。だが、誰かとともに在る安らぎより、自己決定の喜びが勝る人間もいる。人にあれこれ合わせる煩わしさに直面するぐらいなら、孤独の方が心地よいのだ。荷風はそんな人間だったと思しい。

不潔で乱雑な部屋も、その気があれば人を雇って清く明るく整えることができたはず。なにせ大金持ちなのだから。でも、そうしなかった。自分にとって快適な環境を壊したくないから、他人を拒否することに決めたのだ。

二度の結婚失敗ののち、老後と死後を任せる養子を検討したことは何度かあったが、ともに家庭を築く相手はさっさと諦めていた。家庭向きの人間でないと骨身に沁みていたのだと思う。家庭への憧れはあっても、実際に家庭生活を営む上での我慢や譲歩はとてもできない。がんじがらめが何よりのストレスだ。

だから、独りがいい。

そんな自己決定をした結果が、「文豪の孤独死」の正体だ。

三食好きなものを食べ、心の赴くままに散歩し、夜は愛する書物に目を通す晩年が不幸だったわけがないと、いずれは同じような境遇になるであろう私は思う。

その上、最期さえ「ぽっくりと死にますぜ」と周囲に宣言していた通りになった。末期まで自己決定通りにやってのけたのだから、見上げたものである。

ちなみに荷風の絶筆は、遺体が見つかる前日に書かれた

「四月廿九日。祭日。陰[注3]。」

の一行。死ぬまで続けると決めていた日記を最後の最後まで書けたことに、泉下の荷風はさぞ満足しているだろう。

注3：陰
くもりのこと。

対談

京極夏彦 × 門賀美央子

京極夏彦（きょうごく・なつひこ）

1963年生まれ。北海道小樽市出身。日本推理作家協会第十五代代表理事。世界妖怪協会・お化け友の会代表代行。1994年『姑獲鳥の夏』でデビュー。1996年『魍魎の匣』で第49回日本推理作家協会賞長編部門受賞。1997年『嗤う伊右衛門』で第25回泉鏡花文学賞受賞。2000年、第8回桑沢賞受賞。2003年『覘き小平次』で第16回山本周五郎賞を受賞。2004年『後巷説百物語』で第130回直木賞受賞。2011年『西巷説百物語』で第24回柴田錬三郎賞受賞。2016年、遠野文化賞受賞。2019年、埼玉文化賞受賞。

京極夏彦（以下、京極）　門賀さんとは、門賀さんがライターになる前、ただのお化けが好きな人だった頃から交流があったわけですが、今回この原稿を読ませていただいて、これはやっぱり「お化け好き」ならではの視点なのかもしれないなと、ちょっと思ってしまいました。

門賀美央子（以下、門賀）　お化け好きの視点、ですか？

京極　お化けはこの世のものじゃないですね。お化けを身近におきたがる人は、彼岸から此岸を見る視座みたいなものと親和性が強いんじゃないかと。だから、文豪の生をその死の際から眺めるというやり方はお化け好きの特性をよく生かした企画なのかもしれないと感じたんですね。その上で、ちょっと聞きたかったことがあるんですが。

門賀　なんでしょうか？

京極　世間的に文豪と言った際に必ず名前が上がってくる太宰治、三島由紀夫、川端康成の三人を外した理由です。この手の企画は人選がかなり重要になると僕は思うんですが、なにか理由があるんですか？

門賀　はい。一番大きな理由は、その三人に関してはすでに語り尽くされている感があるということ。もう一つは、死因の問題です。今回取り上げる人たちについては、文学的業績はもちろんのこと、死に方もできるだけバリエーション豊かにしたかったんですね。だから「一死因一文豪」にしよう、と。そう考えた時に、自殺なら死に至る心境を一番克明に書き残しているのは芥川龍之介ですし、心中なら太宰よりも有島武郎の方がより興味深い。取捨選択の結果として、その三人は外すことになりました。

京極　なるほど。自死の枠はいっぱいだったと。本書で取り上げられている人たちは、有名ではあるけれども、どんな死に方をしたのか、あんまり知られていない人たちではありますね。比較的知られている芥川にしても、遺書に残した「ぼんやりした不安」という言葉だけは取り沙汰されるけれども、どんな経緯で亡くなったのかまではほとんど語られないですしね。特に異性との関わりは伏せられることが多い。小林多喜二や有島なんかは思想面ばかりが前面に出てくるし。経済的事情や男女間の諸々はあまり知られてないことだから、そのあたりと死の関係性が興味深かったですね。これ、「死に様」ってタイトルだけど、基本的に「生き様」ですよね。

門賀　生き様の帰結が死に様という解釈です。

京極　死に様と聞いた時は、惨たらしく死ぬ場面を克明に描写するのかなと思ったんだけどね。

門賀　ああ、なるほど（笑）。

京極　要するに評伝ではあるわけだけど、評伝って事実を年譜的に並べるだけではつまらない。かといって著者の主観頼りで「本当はこうでした」と断定されたりすると、まあ俗に言うトンデモになっちゃったりするから、それはそれでいかがなものかということになる。そのあたりを巧みに避けつつ、書き手のパーソナリティをいかに出すかっていうところが一番肝要になるんだろうと思うんですね。ノンフィクションはできるだけ書き手の顔が見えないようにすべきだという考え方は正しいんだけど、どれだけ隠しても隠しきれないもんなんです。人間を扱う場合は特にそうで、だから嫌味にならない程度に距離をとって著者の主観が織り込まれているようなスタイルが心地よいのかなと常々思っていたんですが、そうしてみると本書は「著者が見たそれぞれの人生」になってますよね。十人分の評伝を読んだ結果として、これを書いた人がどういう人間観を持っているのかが見えてくる。そこがおもしろさに繋がっているんだと思います。

門賀　そう言っていただけるとすごくうれしいです。ぼんやりとですが、そんな風になればいいなと考えていたので。

京極　そのへん、狙ってました？

門賀　はい。自分の属性に紐づく主観をある程度は織り込みたいな、と。現代人の価値観で過去の出来事をジャッジしてはいけないっていうのは基本としてありますが、今回あえてそれをやってみたかったんです。

京極　ところどころわざと「大阪のおばちゃん」的な俗ぽい感性を覗かせるとか、現状に少なからず不満を感じている中堅の物書きの視線なんかをチラチラ咬ませてるでしょう。そこが読み手の共感や疑問をゆさぶるんですね。文豪がどうこうっていうよりも「こういうおかしな人を目の前にした時に、私たちはどう思えばいいのか」という感じになってくるんですね。よく考えられてます。

門賀　お褒めに与り光栄です。ところで、京極さんはこの中の誰に一番興味を持たれましたか？

京極　僕は子供の頃、芥川の作品が好きでかなり読んでいたんですが、作家個人については興味がなくて、周辺情報はそれほど摂取してなかったんです。芥川の自殺の動機とされる「ぼんやりした不安」にしたって、実母の精神疾患に対する恐怖心だ、みたいな言説が流布し出した時期だったし、それに関してはさしたる疑問も持たずにいた。それだけで死を選ぶもんだろうかという、あたりまえの感想を持ってなかったんですね。思うに様々な理由が折り重なってあっただろうということは想像に難くないわけだけれども、改めて切り取られて並べられると、なるほどと説得される部分はありました。

門賀 たぶん芥川自身も本当の理由はよくわからなかったんじゃないでしょうか。体調不良に発した抑うつ状態が積み重なっていたところに過剰摂取した薬物が薬理的に影響して、強固な希死念慮が育ったような気もします。

京極 死を希求しはじめた時期と、薬物を摂取したタイミングを時系列に正確に並べて比較できれば、そのあたりは明確になるかもしれないですね。一方、有島の心情は個人的にちょっとついていけないですね。

門賀 有島って、富裕層の惣領息子で将来的に封建的家長として君臨するべく育てられたわけですけど、徹底してそれには向かない性格だったがゆえに、自分が作ったドラマの中に逃げこむしかなかったんじゃないかと私は想像しました。そのドラマの結末がたまたま心中だった、と。

京極 最後まで中坊、みたいな感じですか？

門賀　そうですね。今回取り上げたメンツの中では、一番大人になりきれなかった人なのかもしれません。

京極　でも、自分劇場の幕を閉じるにあたって一通りの準備をしたという点だけは偉かったと思いますけどね。鷗外もきっちり後始末はしているし、芥川だって神経衰弱に悩んでいたわりにはあちらこちらに気を使って遺書を複数書き残している。死ぬ間際まで何かを書かずにはいられない、その辺が文豪の文豪たる所以なのかな（笑）。

門賀　確かに、死が目の前にぶらさがっていても出力せざるを得ないような人が文豪になるのかもしれません。今回選んだ中で、本当の意味での〝急死〟をしたのは岡本かの子だけですけど、それ以外は体が許す限り必ず何か書き残しています。

京極　今回の顔ぶれに岡本かの子を選んだのは慧眼ですよね。彼女は本当におもしろい人だから。まあ、あそこは一家揃っておもしろいんだけど、かの子側に力点を置いて見ると太郎も一平もこう見えるんだっていうあたりは、改めて再認識できました。それにねえ、普通は書かないですよ。何だっけ。ケバくて太いだっけ？。

門賀　いや、ケバくて太いとは書いていませんけど（笑）。

京極　そうだっけ？（笑）でも、そこがいいんですよ。そこがあるから、実際に自分の目で岡本かの子を見たような気分になれる。それに、ダブルスコアの年下愛人と三浦半島まで遊びにいってそこで発病するなんて確かにいい加減にしろよって話なんだから、そこにちゃんと言及しているところが立派だなあ、と。

門賀　立派ですかね？（笑）

京極　いや、「まあ普通なら確かにそう思うよな」っていうあたりまで、ちゃんと落としてますよね。かと言って、人格や功績まで貶めているのかというとそんなことはなくて、ちゃんと認めるところは認めているでしょう。

門賀　そういう凸凹をはっきりさせた方が、人間としての魅力がより伝わりやすいのではないかなとは考えていました。

京極　梶井基次郎なんて、一般にはもう美化されまくっている感がありますよ。でも、僕が若い頃に「檸檬」を読んだ時の正直な感想は「どうしようもない奴じゃないか？」だった。門賀さんがバカッター扱いしているのを読んでちょっと溜飲《りゅういん》が下がった気もする（笑）。

門賀　私は大学時代に読んだのですが、当時ちょうど書店でアルバイト店員をしていたので、単純にめっちゃ迷惑な客だなって感じまして。その時の思いを綴ってみました（笑）。

京極　若い僕も「書店に行って買う気もないのに次々と本を棚から出してレモンをてっぺんに置いて帰りましたって、何？　感動する？」って思いましたよ。本にレモンを絞らなかっただけまだマシだけど。でもね、作者の人間評と文学的価値というのは軸が全く違うものですね。過去の作品に対する評価というのは、書いた人間の思惑や立場とはまったく違うフェーズでなされるものです。そして、後世の人間は、ある程度成立してしまっているそのフェーズの中で醸成された価値観を元に作者個人のパーソナリティも判断してしまいがちですね。それは結局、現在の価値観で過去をはかっていることになるんだし、おかしいと言えばおかしい。だから、作品と作者個人はある程度切り離して考えるべきなんだとは思います。ただ、作品の評価とそぐわないエピソードや人物評を公の場で開陳することは、実は結構タブー視されてたりするんだけど。

門賀　最初はどこかから怒られるんじゃないかなって、ちょっとビクビクしていました（笑）。ところが、Web連載中に今回取り上げたある人物を専門になさっている研究者にTwitter上で捕捉されて、その方がただひと言「おもしろいけど、研究者はこんなこと言えやしない」とコメントしているのを見つけまして。その時に初めて「あ、これはいけるかな」と思えたんです。

京極　それはそうですね。研究者は憑拠《ひょうきょ》のないことは軽々しく言えませんし、個人の感想さえうかつには言えない。想像するのは自由だけれども、予断は資料の解釈にバイアスを掛けてしまいかねない。立場上影響力もあるし。それね、本来、嘘ばっかり書いているはずの小説家ですら叱られますから（笑）。だからはっきり個人の感想として発信できるエッセイのような形に落とし込むのは正解ですよね。これ、各文豪たちが書き残した作品や関係者の証言、逸話、データを元に、各人を門賀さんなりにプロファイリングした結果ですよね。それは小説を書く際に僕もする作業なんだけれど、学者はその後に自分がしたプロファイルを証明する義務がある。正しいかどうかは犯人を捕まえてみないとわからないんだけど、犯人は死んでる（笑）。それでも学者は起訴するだけの決定的な証拠をみつけ、裁判に勝たなくてはいけないんです。小説家や随筆家だとそこまでする必要はないんだけど、だからといってスットコドッコイなプロファイリングをするとすぐに馬脚が現れてしまう。結局、どれだけたくさん資料を読み込み、それをいかに公正に解釈するかっていう問題になっちゃうのかもしれないけど。対象に肉迫するためには精緻な作業が必要になります。相当勉強されましたか？

門賀　それなりには。おかげで当初の更新予定は全然守れませんでした。最初に躓いたのは森鷗外で、彼の場合、家族親族が彼について書いたものをあらかた読まないと人物像がわかんないなっていう感じになって。鷗外の家族ってこぞって「私の鷗外」を書き残しているんです。ちょっと珍しい一家ですよね。しかも、全員が全員、自分が一番愛されていたと思い込んでいる。

京極　興味深い一族です。しかも、全員の証言が微妙に食い違っているわけでしょう？　ということは、森鷗外という事件の真相は一人の証言からでは明らかにはできない。

門賀　ほとんどミステリーの世界です（笑）。

京極　いや、まったくその通りで、これが楽しい読み物になったのはそういう魅力もあったからでしょう。証言が食い違う場合、多くは誰か嘘をついていた、あるいは全員が嘘をついている可能性もある訳だけど、そうでないかもしれない。食い違う証言や証拠を全部捨てずに、整合性がある形での落としどころを探す、それこそがプロファイリングですね。「こんな人であるべき」でもないし「こんな人じゃなかった」でもない。「こう考えれば腑に落ちる」ですよね。だから鷗外についても納得できたし、多喜二もそうだなと思った。だって、あの人絶対貧乏人じゃないんだもん。

門賀　そうですよね。

京極　僕は小樽出身なんですが、小林多喜二は地元の有名人で、清貧の人、抵抗の人として語られます。映画なんかでもアカ狩りの渦中に果敢に戦って獄死した文学青年として華麗に謳い上げられてます。そりゃまあ間違いではない。一方で地元の生活者として見た場合、「そうか？」っていう疑問は確かにあったんです。ただ僕は、多喜二にはさほど思い入れがなかったので、そのあたりについて深く考えることがなかったんですね。まあ、共産主義に傾倒していく中で、出自が真の貧困層ではなかった場合、本人がそれを運動の障害と思い込んでしまうことはあると思いましたが。でも、娘を身請けしたエピソードを時系列に組み込んで考えると、その辺がクリアに見えてきた気がしました。当時、赤貧の人が五十万円も出して女性を落籍《ひか》し、家に住まわせるなんてありえないですし。長い間、多喜二の運動に対するモチベーションがどこにあったのか何も考えずに棚に上げていた僕は、ああなるほどと納得しました。ああした形でないと自己表現がしづらい状況にあって、それが故に泥沼にはまり、その挙げ句の獄死であったのか、と。

門賀　京極さんに納得してもらえたら成功です。

京極　多喜二が身近になりました（笑）。実は読み返してしまった。まあ、実際のところは本人に聞いてみないとわからないんだけれども、門賀さんの解釈は非常に合理的で整合性が取れているので、そうかもな、と「思えちゃう」。これは大事なとこですね。で、次に誰が来るのかなと思ったら岡本かの子が来たから「はいっ！」と思った（笑）。

門賀　「はいっ！」ですか？（笑）。かの子に関しては林芙美子との対比っていう意図もありました。

京極　ああ、なるほどね。

門賀　同じ女性の老いを詠んでも、片や「年々にわが悲しみは深くしていよよ華やぐ命なりけり」、片や「花の命は短くて苦しきことのみ多かりき」でしょう？　この決定的な差って、無償の愛に支えられた人とお金がなければ愛してもらえなかった人の差かな、と。

京極　林芙美子の場合は、ただ貧乏だったというだけじゃなくて、小説を書くモチベーションとして文学の追求より扶養家族を養うことを上位に持ってこざるをえなかったというあたりは、かなり不幸だとは思いますね。

門賀　そうですね。もし境遇が違っていたらどうだろうっていうことを考えた時に、やっぱり人は環境次第だなと思うところはありました。

京極　でも芙美子はああいう境遇でなかったら創作はしていなかったかもしれない。一方のかの子は多分なんらかの表現活動はしていただろうと思う。そうしてみると、死に至るまでの経緯をこういう形でつまびらかにしていくことで、作品は必ずしも個人が自分の中から純粋にひねり出されるというものではなくて、時代や環境や境遇が深く関わるものでもあるということがよく見えてきますね。二葉亭四迷なんかは完全にそうだし。

門賀　樋口一葉も明治だからこその顕れ方をした才能であり、明治らしい死に方をした人だという気がします。逆に時代にあんまり影響されず、どんな境遇で生まれ育ってもああなっただろうと思うのが永井荷風ですね。まあ、私としては荷風の死が一番理想なのですが。死ぬ前日までカツ丼食べて散歩したいな、って。

京極　僕はお金のために書くという一葉にすごく共感を持ちます（笑）。でも、放蕩三昧の末に若隠居になってのんびり暮らした挙げ句、野垂れ死にに近い死に方をした荷風にも憧れはある。結局、死はどんな死も全部無駄死にですよ。誰かのために死んだとか何かのために死んだとかで褒められる偉人もいますけど、それ、多分死ななくてもできたことなんですよ。誰かが死ぬことによって世界が変わるなんてことはないです。誰かが生きたことによって変わることはあるけれど。死は人生のピリオドにすぎない。今回取り上げた十人は、ろくでなしでもアホでも、ピリオドを打った後に残った作品が後世に確たる影響を与えたことは確実で、本書はピリオドを起点としてそういう人たちの生を遡ってみた、ということですよね。まあ、文豪の定義って人によっていろいろなんだけれど、そういう人たちを「文豪」と呼ぶことに関して僕は間違ってはいないと思います。

門賀　そこらへんは柔軟に考えました。人によって文豪の線引きってかなり違うじゃないですか。

中には文豪と呼んでいいのはヴィクトル・ユーゴーだけだって主張する人もいるわけですから。

京極　今は『文豪ストレイドッグス』に出ている人はみんな文豪でいいんじゃないのかという風潮も。

門賀　（笑）。いずれにせよ、文学がちょっと遠いものに思えてしまうのって、教科書に登場するような人だから、作者はそれはもう立派で賢く、作品にはずいぶん高尚なことが書いてあるんだろうってイメージが漂うせいもあると思うんです。でも、彼らも普通に、時には普通以上に困った人であって、悩みに悩んで生きて、その末に死んでいったんだっていうのを知ってもらえれば、また新たな興味につながるのではないかと思いまして。

京極　一般的な文豪の伝記や評伝と違って、友達の失敗談を読んでいるような感じがあるのが好ましいですよ。

門賀　一緒にツッコミを入れながら読んでもらえたら最高です。

京極　目論みは成功してますよ。「お前、それはないだろう」と自然に思ってしまえるような書きぶりだから、文豪と呼ばれる人たちと自分自身を比較することができる仕掛けって、ちょいとおもしろい。自分と芥川龍之介を比較してみようなんてあんまり思わないから。いろんな楽しみ方ができる、いい本になったんじゃないでしょうか。

門賀　ありがとうございます。ツッコミどころ満載の死に様を見せた文豪はまだまだいるので、引き続きいろいろと読み込んでいきたいなと思っています。

謝辞　～あとがきにかえて～

二〇一八年四月、旧知だった誠文堂新光社の青木耕太郎さんから「今、門賀さんが書いてみたいものはなんですか？」と尋ねられて、恐る恐る打診したのが本書の種となる企画でした。

こんな地味な内容、果たして興味を持ってもらえるのか戦々恐々だった私に、「これはおもしろい、やりましょう！」と文字通り二つ返事をくれたことを今でもありがたく思い出します。

連載はＷＥＢ媒体の「よみものドットコム」で、ということになり、担当編集者として樋口聡さんが付いてくれました。締め切り通りに原稿を送ったのは最初の数回分だけ。雑誌と違い「落とす」心配がないのを良いことに、どうかすれば一月以上音沙汰なしの暴挙を平気でやってのける図太い著者相手に、怒りもせず気長に付き合ってくださったこと、感謝しています。

書籍は再び青木さんとの作業になりましたが、装画や造本などについてもできる限り当方の希望を取り入れてくれたのは破格の厚意でした。重ねて謝意を表します。

それから、本書の装画を描いてくださった竹田昼さん。気が早いことに、ＷＥＢ連載が始まる前から「本にする暁にはぜひ竹田昼さんの装画で」と熱望していた私としては、快くお引き受けくださったと聞いて天にも昇る思いがしたものでした。そして、感涙の仕上がり。素晴らしい漫画、そしてイラストの数々をありがとうございました。

また、書籍限定コンテンツとなるスペシャル対談に登場してくださった京極夏彦さんにはただただだ叩頭するばかりです。連載中にお目にかかった折、「読んでいるよ。おもしろいね」と声をかけていただいたことがどれほど執筆中の心の支えになったかわかりません。

そうそう。本書の校正期間はちょうど新型コロナウイルス騒ぎによるステイホーム期間と重なり、図書館などが軒並み閉まる中、不便をものともせず丁寧に見てくださった校正者には、頭が下がります。

他にも本書に関わってくださった、そしてこれから関わってくださるすべての方々に心より御礼申し上げます。

さらに、WEB連載中にTwitterやFacebookなどで感想を寄せてくれたり、更新のお知らせツイートをリツイートするなどして応援してくださった読者の皆様に対しては、もう御礼の言葉もありません。皆様の御支援があったから、最後まで続けることができました。

そして、何より本書を手にとってくださった貴方に心からの感謝を。少しでもお楽しみいただけたら幸いです。

門賀美央子

参考文献

『樋口一葉　日記の世界（季刊文科コレクション）』白崎昭一郎著　鳥影社（2005）
『一葉語録』佐伯順子編　岩波現代文庫（2004）
『樋口一葉　人と作品9』小野芙紗子著、福田清人編　清水書院（1966、新装版2017）
『樋口一葉　作家の自伝22』日本図書センター（1995）
『一葉のポルトレ』小池昌代解説　みすず書房（2012）
『樋口一葉全集』筑摩書房
『論集　樋口一葉』樋口一葉研究会編　おうふう（1996）
『全集　樋口一葉　一葉伝説』野口碩校注　小学館（1996）
『女が国家を裏切るとき　女学生、一葉、吉屋信子』菅聡子著　岩波書店（2011）
『飢は恋をなさず　斎藤緑雨伝』吉野孝雄著　筑摩書房（1989）
『斎藤緑雨全集』稲垣達郎ほか編輯　筑摩書房（1990〜2000）
『明治文壇の人々』馬場孤蝶著　ウェッジ文庫（2009）
『二葉亭四迷伝　ある先駆者の生涯』中村光夫著　講談社文芸文庫（1993、第四刷2018）
『二葉亭四迷　くたばってしまえ』ヨコタ村上孝之　ミネルヴァ書房（2014）
『二葉亭四迷　作家の自伝1』日本図書センター（1994）
『二葉亭四迷と明治日本』桶谷秀昭著　小沢書店（1997）
『二葉亭四迷の明治四十一年』関川夏央著　文藝春秋（1996）
『二葉亭四迷全集』筑摩書房
『星はらはらと　二葉亭四迷の明治』太田治子著　中日新聞社（2016）

『父の帽子』森茉莉著　講談社文芸文庫（1991、第三十二刷2017）
『森鷗外　人と作品11』河合靖峯著、福田清人編　清水書院（1966、新装版第二刷2017）
『森鷗外　国家と作家の狭間で』山崎一穎著　新日本出版社（2012）
『鷗外の思い出』小金井喜美子著　岩波文庫（1999）
『森鷗外の系族』小金井喜美子著　日本図書センター（1985）
『森家の人びと　鷗外の末子の眼から』森類著　三一書房（1998）
『鷗外遺珠と思ひ出　近代作家研究叢書59』森於菟、森潤三郎編　日本図書センター（1987）
『鷗外全集』岩波書店
『鷗外の終焉　鷗外忌特別展図録』山崎一穎監修、森鷗外記念館企画・構成・編集　紀伊國屋書店（1998）
『父親としての森鷗外』森於菟著　ちくま文庫（1993）
『記憶の繪』森茉莉著　旺文社文庫（1982）
『朽葉色のショオル』小堀杏奴著　旺文社文庫（1982）
『晩年の父』小堀杏奴著　埼玉福祉会（1989）
『木佐木日記』上・下　木佐木勝著　中央公論新社（2016）
『有島武郎〈作家〉の生成』山田俊治著　小沢書店（1998）
『有島武郎研究　「或る女」まで』植栗弥著　有精堂出版（1990）
『有島武郎　人と作品17』高原二郎著、福田清人編　清水書院（1966、新装版2018）
『有島武郎全集』筑摩書房（1979～1988）
『有島武郎　世間に対して真剣勝負をし続けて』亀井俊介著　ミネルヴァ書房（2013）
『有島武郎　作家の自伝63』佐伯彰一、松本健一監修　日本図書センター（1998）
『父有島武郎と私』神尾行三著　右文書院（1997）

『夢のかけ橋　晶子と武郎有情』永畑道子著　新評論（1988）
『妻を失う　離別作品集』講談社文芸文庫編、富岡幸一郎選　講談社文芸文庫（2014）
『日本文学全集　第25（有島武郎集）』集英社（1968）
『断髪のモダンガール　42人の大正快女伝』森まゆみ著　文春文庫（2010）
『芥川龍之介　新潮日本文学アルバム13』新潮社（1983）
『芥川龍之介　人と作品7』笠井秋生著、福田清人編　清水書院（1966）
『芥川龍之介　作家の自伝31』日本図書センター（1995）
『芥川龍之介全集』岩波書店
『追想　芥川龍之介』芥川文述、中野妙子記　中公文庫（1981）
『新編　燈火節』片山廣子著　月曜社（2007）
『梶井基次郎と湯ヶ島』安藤公夫編　皆美社（1978）
『梶井基次郎小説全集』沖積舎（1984）
『梶井基次郎論』鈴木二三雄著　有精堂出版（1985）
『梶井基次郎　新潮日本文学アルバム27』新潮社（1985　第九刷2008）
『梶井基次郎全集』筑摩書房
『旅の終り　梶井基次郎と三好達治　小説』小山栄雅著　皆美社（1991）
『新編　日本幻想文学集成1』安部公房ほか著、安藤礼二ほか編　国書刊行会（2016）
『小林多喜二　新潮日本文学アルバム28』新潮社（1985）
『小林多喜二　作家の自伝51』佐伯彰一、松本健一監修　日本図書センター（1997）
『小林多喜二を売った男　スパイ三舩留吉と特高警察』くらせ・みきお編著　白順社（2004）
『小林多喜二全集』新日本出版社

『母の語る小林多喜二』小林セキ述、小林廣編　新日本出版社（2011）
『アンソロジー・プロレタリア文学1』楜沢健編　森話社（2013）
『アンソロジー・プロレタリア文学2』楜沢健編　森話社（2014）
『新・日本文壇史　第4巻（プロレタリア文学の人々）』川西政明著　岩波書店（2010）
『特高警察』荻野富士夫著　岩波新書（2012、第四刷2017）
『岡本かの子　新潮日本文学アルバム44』新潮社（1994）
『岡本かの子　作家の自伝56』佐伯彰一、松本健一監修　日本図書センター（1997）
『岡本かの子全集』ちくま文庫
『へぼ胡瓜・どじょう地獄　かの子と一平の〝愛と青春〟』岡本一平著　旺文社文庫（1982）
『林芙美子　人と作品15』遠藤充彦著、福田清人編　清水書院（1966、新装版2018）
『女流　林芙美子と有吉佐和子』関川夏央著　集英社（2006）
『林芙美子展　花のいのちはみじかくて…　生誕100年記念』今川英子監修、風日舎、アートプランニングレイ編　アートプランニングレイ（2003）
『石の花　林芙美子の真実』太田治子著　筑摩書房（2008）
『林芙美子　新潮日本文学アルバム34』新潮社（1986）
『林芙美子　1903―1951　ちくま日本文学20』林芙美子著　筑摩書房（2008）
『林芙美子随筆集』林芙美子著、武藤康史編　岩波文庫（2003）
『林芙美子全集』新潮社
『麻布襍記　附・自選荷風百句』永井荷風著　中公文庫（2018）
『永井荷風　人と作品43』福田清人、網野義紘編著　清水書院（1984）
『永井荷風の生活革命　岩波セミナーブックスS9』持田叙子著　岩波書店（2009）

『文人荷風抄』高橋英夫著　岩波書店（2013）
『荷風全集』岩波書店
『荷風余話』相磯凌霜著、小出昌洋編　岩波書店（2010）
『永井荷風　ひとり暮らしの贅沢』永井永光、水野恵美子、坂本真典著　新潮社（2006、第四刷2014）
『永井荷風　新潮日本文学アルバム23』新潮社（1985）
『永井荷風　断腸亭東京だより　生誕135年没後55年（文芸の本棚）』河出書房新社（2014）
『荷風さんの戦後』半藤一利著　ちくま文庫（2009）
『荷風文学みちしるべ』奥野信太郎著、近藤信行編　岩波現代文庫（2011）
『図説永井荷風』川本三郎、湯川説子著　河出書房新社（2005）
『文豪と暮らし　彼らが愛した物・食・場所』開発社編　創藝社（2017）
『日記で読む文豪の部屋』柏木博著　白水社（2014）
『日本批評大全』渡部直己編著　河出書房新社（2017）
『文士の遺言　なつかしき作家たちと昭和史』半藤一利著　講談社（2017）
「中央公論」［20世紀日本文学の誕生　中央公論文芸欄の100年］中央公論社（1996）
『人間臨終図巻』山田風太郎著　徳間文庫（2001）
『文豪の遺言』木内是壽著　アジア文化社（2017）
『文士のいる風景』大村彦次郎著　ちくま文庫（2006）
『ベストセラー全史【近代篇】』澤村修治著　筑摩選書（2019）
『岩波講座　日本文学史　第13巻　20世紀の文学2』久保田淳ほか編　岩波書店（1996）
『岩波講座　日本歴史　第17巻（近現代3）』大津透ほか編　岩波書店（2014）

『近代文学の風景』西垣勤著　績文堂出版（2004）
『自伝的女流文壇史』吉屋信子著　講談社文芸文庫（2016）
『追悼の達人』嵐山光三郎著　中公文庫（2011）
『物語女流文壇史』巌谷大四著　文春文庫（1989）
『文芸評論』新保祐司著　構想社（1991）
『文豪と酒　酒をめぐる珠玉の作品集』長山靖生編　中央公論新社（2018）
『編年体大正文学全集　第14巻』ゆまに書房（2003）
『編年体大正文学全集　第15巻』ゆまに書房（2003）
＊このほかにも参照した論文等も多くあるが、紙幅の都合上、割愛する。

門賀美央子（もんが・みおこ）
1971年、大阪府生まれ。文筆家、書評家。主に文芸、宗教、美術関連の書籍や雑誌記事を手掛ける。著書に『自分でつける戒名』（エクスナレッジ）、『ときめく御仏図鑑』『ときめく妖怪図鑑』（ともに山と溪谷社）、企画・原案に『お嬢様のお気に入り』（波津彬子著／小学館）がある。

*本書は、WEBマガジン「よみもの.com」にて連載した原稿に、大幅に加筆修正を加えたものです。

文豪《ぶんごう》の死《し》に様《ざま》

2020年11月12日　発　行　　NDC914

著　者　門賀美央子《もんがみおこ》
発行者　小川雄一
発行所　株式会社 誠文堂新光社
〒113-0033 東京都文京区本郷3-3-11
［編集］電話 03-5800-5753
［販売］電話 03-5800-5780
URL https://www.seibundo-shinkosha.net/
印刷所　星野精版印刷 株式会社
製本所　和光堂 株式会社

ISBN978-4-416-51949-3